大展好書　好書大展
品嘗好書　冠群可期

大展好書　好書大展
品嘗好書　冠群可期

休閒娛樂
55

恐怖幽默

幽默選集編輯組

大展
出版社有限公司

目錄

第一章　身邊的神秘

●從平凡的日子跳脫出來

第二章 黑色會話術

●加強諷刺與惡毒的話

第三章　詛咒的殺人實驗

●你要不要也試試看呢？

第四章　恐怖夜話

●恐怖對話的贈禮

第六章　哀怨劇場

●恥笑這個邪惡世界的智慧

目　錄

第一章　身邊的神秘

●從平凡的日子跳脫出來

心路歷程

不確實的事

從港都的旅館出來，來到山下公園的門前時，突然覺得心中有一股不可思議的感覺。樹葉在風中搖曳，顯現了晚秋的風情。

這是我第一次來港都……。噢！不，嚴格地說，這應該是第二次了。

第一次來，大約是三年前的一個夜晚。那時車子經過中華路附近，忽然覺得肚子有點餓，於是便找個地方吃東西。我到一家看起來有點陰暗的店，可是記得那裏的東西很好吃。尤其是那家店主特別推薦的白燴豆腐特別好吃，現在回想起來那味道還相當令人難忘。

在鍋子裏面煮的灰白色豆腐，和平日吃慣的豆腐不太一樣，它的味道比較濃。或許是因爲材料不一樣才會這樣，這個味道至今還是令我相當地難忘。

可是，回想起來，我記得那天晚上的事，只不過是那樣而已。其他的更是沒有什麼記憶。那天，兩旁的樹林和海的餘香，好像都與我無緣似的。

我走入G旅社前的一個小地下道。這個地下道現在似乎還有些許的印象，覺得它很像連一個人也沒有的博物館迴廊。走出地下道，馬上就聞到一股海的香味，同時挾雜在海水味道裏的似乎還有香水的味道。

「好像有一個女人，而且還是一個美女……。」

記得我好像是跟這個女人一起來的，我們兩人呆呆地注視海面上的波浪。那女的悲傷眼光，鮮明地映在我的瞳孔中。

眞的，我的確記得這一幕。可是，不管再怎麼想，我想我應該不會來這裏才對呀！這環境有點像某個地方的港口，蘇澳嗎？還是花蓮呢？不，都不是那樣，我確實來過這裏。記憶中那個女的好像叫我過去。

「這樣太引人注目了，我們回去住的地方吧！」

「回去你住的地方？」

「對呀！因爲今天晚上我丈夫不回來。」

那個女人好像是別人的老婆。她妖豔的眼睛瞇瞇地笑著，然後又忽而很寂寞似地止住了那一抹笑意。

二個人又一次走過了那個地下道，來到公園的外面。我一邊走一邊回想以前的事。我忽然想起警察帶著警犬追犯人，是不是就像是這樣？路旁的電話亭，又勾起了一些回憶。

突然黑影……

走了大約五分鐘左右，看到旁邊有一幢小小的房子。

「對了！就是這幢房子。」

爲什麼會是這間房子，我也不知道。可是我知道一定是這幢房子沒錯。記憶中的女人說話了。

「在這裏等一下，三樓的2號室那個橘色窗簾的房間，我先上去。可以的話，我會把窗簾打開，然後你再上來。」

「三樓的2號室，對吧！」

現在，在我眼前的這幢房子，已經完全化成廢墟。上面有一塊用白色油漆寫的牌子「××公司建築用地」，這下我才知道，原來這塊地是打算要建新房子的。整個房子，窗戶上連玻璃也沒有，在夕陽的餘暉中，只有二隻狗站在那裏。

那時，橘色窗簾打開了。那個女人站在窗戶邊向我招著手，示意要我上去，於是我就走上了那個廢墟的樓梯。由於樓梯是在這幢房子的北邊，所以相當陰暗。而寒冷的晚風，又吹在已經破了的玻璃上。可是很奇怪對於當時的那種陰暗、寒冷，竟會有種懷念之感。

我一進入這個房間，就看到鋪有地毯的客廳。再裡面一點是廚房，然後有二個房間，而其中有一間應該就是臥房了。

「啊！我想起來了，那個女的是一個外國人。」

客廳的擺飾有青磁壺以及石雕的娃娃。

三樓的2號室——這些門上的字，已經有點模糊不清了。一打開門覺得裡面有些荒涼，可是空間倒是蠻大的。港都—女人—公寓，這些好像有一點關聯。但是，這些又確實在我的心中存在過。

的姿態。

被風吹過的門，竟自然地打開了。那個女人也好像在等待門打開似地做出撩人

「能夠和你相遇，實在……。」

「那麼愛你……爲什麼……。」

那個女人溼紅著眼，凝視著我。此時，女人的臉在我的心中明顯地烙印下來。大大的眼睛、美麗的嘴唇，眞的是一個漂亮的女人。可是我眞的記得，我沒有看過那個女的。

「我丈夫是個嫉妒心很強的人，要是被他看到了，他一定會把你給殺了。」

「我一定不會後悔！」

「眞的嗎？」

「嗯！」

「好高興哦！」

在這段對話之後，不久兩人就一起到房間去了。那個女的倒在床上，露出了雪白的肌膚。我的手在那個女的身上滑動。

「我愛你。」

「我也是……。」

我們渡過了相當美好的一夜。

「好高興哦！你這樣抱我……。」

「眞希望你能永遠在我身邊……。」

「啊！讓我們就這樣到永遠吧！」

我們在一片羅曼蒂克的氣氛中互道愛意。

突然，一陣風把廢墟的門打開了，我的腦子裏閃過一個黑影。而那個女的臉竟嚇得跟紙一樣的白，嘴唇也在發抖，並且戰慄地說：「你爲什麼……？」

「你，果然……。」

那個黑影說的是外國話，眼睛中充滿了激烈的怒火。可是，我卻怎麼想也想不起來那個男人的長相。只記得他右手拿著一個東西，那是一把槍，這點我記得相當清楚。

他手指一動，槍聲之後我胸口的痛，一連串的記憶——這些不可思議的記憶，又再度回到我的腦海中，感覺此時我好像站立在那廢墟中一樣。

死於港都的我

「這到底是怎麼一回事呢……？」

崩塌的公寓，是電影嗎？還是夢？還是我在哪裏讀過的小說？阿波利奈魯？瑪塞魯·艾美？夢野久作？我記得好像曾經讀過這樣的小說。

然而，現在浮現在我心中的一切，彷彿都是那麼的眞實。不然，爲什麼從公園到公寓這一連串的過程，我都那麼的清楚。

夢遊症？記憶喪失？還是兩者都不是？我不記得我曾有過這麼奇怪的病症，可是左思右想，我又實在是想不出其他的原因。

但是，我胸口激烈的痛楚，以及那個女人悲傷的眼神，而我也眞的是死在港都的。

當我苦思這些奇妙的記憶時，竟走了二百多公尺，來到了中華路的盡頭。以前竟從來不知道山下公園與中華路的距離是如此的近。

第一章　身邊的神秘

我走在佈滿擺飾物的中華路，一邊尋找我記憶中對港都的唯一回憶——那家賣豆腐的店。

但是，找了許久，沒有看到我記憶中的那家店，只有看到一家小餐館。這時剛好我肚子也有點餓了，所以我就走向那家新的餐館。因爲這個時候客人不太多，所以老闆也悠閒地在看報紙，我叫了那老闆一聲，向他詢問以前在這裏吃過料理的事。

「跟一般的豆腐不太一樣，味道蠻特殊的。」

「老闆，不是日本的豆腐，它的味道相當、相當特殊……。」

「嘿……，不可思議啊！」

「嗯……會是那個男人嗎？」

「哦？那男人？……老闆，你知道這家店前

一任的老闆嗎？」

那個老闆好像有點驚訝的樣子，然後一直盯著我看，突然他笑笑的說：

「關於那件事我只知道一點點，好像是那個男的老婆在外面有了男人，他一氣之下，開槍把那個男的打死了。他趁著大家還沒有發現那具屍體之前，逃到香港去了……。」

「最後屍體發現了嗎？」

「沒有，沒有找到那具屍體，也許他把那具屍體吃掉了也說不定……。」

「怎麼可能呢？」

「哈哈！開玩笑的啦，可是人眞的是很好吃哦……，而且……」

老闆停了一下，

「而且……」

「中國人有一句古話就是說：『吃腦補腦』。」

我呆呆地看著那個男人的臉，頓時我好像對這個男人的臉有一點印象，啊！他就是那個沒有出聲，然後門就開了，進來的那個男人……。

蒼天

想要蒸發掉

天空相當地陰沈蒼白，連一片雲也沒有。

上班族的志雄到了火車站，並沒有搭他每天搭的平快車，今天他一反平常地坐普通車準備到郊外去。

志雄如此做的理由，是因爲他平常搭乘的平快車由於故障所以慢了幾分鐘，而且又很擠，所以他不太想搭。

另外一個理由是他很掛意褲子有一點點裂縫，沒有辦法只有放棄搭平快車。

「昨天如果跟老婆先講好就好了，這件黑色西裝也該換一件了。」

志雄自言自語地說出了這些話。

但是，仔細想想的話，志雄這天沒有到公司去，而搭往郊外的普通車，並不全是因爲這個理由。

這個早上，志雄就是很不想看到經理的臉。把假牙放到杯子裏面去洗，志雄一直是很討厭經理的這個習慣。可是，今天早上他也把這點忘得一乾二淨了。

坐在隔壁桌子的王小姐，也很令人討厭。三年與她朝夕相處，平常倒也巒習慣了，可是今天早上就是很不想看到她。

平常公司的人吃飯時嘰哩呱啦地，桌上杯盤狼藉的情景，志雄也都厭惡至極。

在平快車上因人多擁擠的那種疲勞感，也都令志雄覺得討厭。

「爸爸！禮物呢？」

每當小孩們對他這樣說時，他也覺得很討厭。

一想到這些，志雄就覺得日子是那麼的乏味無聊，他簡直快要發瘋了。

志雄在開往郊外的普通車中，找了一個舒適的位置坐下來，看著外面的風景。

現在大家……

天空異常的蒼白，連一片雲兒也沒有。

志雄看了看手錶，時間是九點過五分。公司的人現在大概已經開始上班，而電話聲大概也是不絕於耳吧！志雄沒有事先向公司請假，一個人就跑來這裏，心中雖然有些擔心，可是他也不打算打電話到公司了。

「唉！一定會有辦法的！」

志雄一邊自言自語地說，一邊吃剛剛在車站的販賣部買的東西。一邊吃一邊想起了少年時代的鄉愁。

沒多久火車過了一座長長的鐵橋，水並沒有像志雄所想像的那麼乾淨，可是當天空映在水面上時竟形成一幅不錯的景緻。

火車開了二個小時之後，到了一個靠近丘陵地的車站。志雄本來沒有打算在這站下車的，可是他臨時決定，要換搭一部看起來像火柴盒的小火車。

等了大約十分鐘左右，這部小火車發動了。如志雄默然期待的路線，火車朝著丘陵地駛去。山裏面各式各樣的田地，讓志雄非常的高興。火車的座位因爲是用粗糙的木板做的，所以有些硬，可是志雄一點也不覺得怎樣。看著外面的風景，志雄不知不覺地打起瞌睡來了。

睡了二十分鐘左右，由於火車搖晃得厲害，志雄被搖醒了，好像小火車已經來到郊外盡頭的樣子。田裏的稻穗與平地的稻穗比起來小得多了……位於山那邊的高壓線鐵塔呈現了一片銀色的光亮。

天空異常的蒼白，連一片雲兒也沒有。在那樣的天空下，村子裡面似乎仍可聞到一絲氣息。

志雄在公司中是擔任課長的職務。他每個月的薪水幾乎是分毫不少地交給妻子，而如今他也已經四十歲了。而老婆卻把錢用在繳自己的舞蹈補習費，及女兒的鋼琴家教費上，對丈夫則有些忽略了。

「難道連一件西裝也不會買給我嗎？即使不

用我自己開口，她也不會主動買給我嗎？」
——志雄的不滿，其實就是這件事。
志雄在丘陵地的小車站下了火車，而這裏他從來沒有來過，甚至連名字也不知道。志雄爬上了一個坡道，一直走上去。空氣相當的新鮮，志雄乾脆坐在路邊的草地上。

烏鴉飛了

天空異常的蒼白，沒有一片雲兒。
躺在草坪上的志雄，望著蒼白的天空。天空似乎沒有盡頭似的。志雄覺得在蒼白的天空深處，好像有一座白色的島，可是瞬間就消失掉了。
志雄坐起身來，忽然飛來一隻烏鴉，而那隻烏鴉一下子就把翅膀張開了。
「嘎嘎！嘎嘎！」
烏鴉拍拍翅膀高聲地叫著，一下子就飛了起來，它快速地飛走，最後飛入漆黑的天空中，只剩下一個點，直至最後完全地消失。

看了烏鴉這一連串的行動，志雄覺得自己好像也能飛上天空似的。

志雄在沒有人的地方，也想學烏鴉的動作，他深深地吸了一口氣：

「嘎嘎！嘎嘎！」

志雄也學烏鴉這樣叫了起來，並且雙手上下地擺動。

不久，志雄的身體眞的飛了起來，志雄沒有往下看，直直地飛入天空中。

天空異常的蒼白，連一片雲兒也沒有。

志雄覺得自己的身體非常地輕盈，最後終於消失在空中的盡頭。

在那天下午，在××山的山脚下，志雄的屍體被人發現了，大家都不曉得爲什麼這個男人會死在這裏。

幾乎看不出這個男的有滑倒的跡象，可是依他身上的傷看來，至少應該是有十公尺左右的跌滑。法醫檢查志雄的傷，發現他並不是從二、三十公尺高的地方掉下來的，因爲他的頭有嚴重的割傷，以致灰白色的腦裸露在外。

在那裏早就聞到死屍臭味的烏鴉，張大了翅膀飛到志雄的身邊。

午後天空仍是一片蒼白，沒有一朵雲兒。

爸爸的特技

今天是星期日，文輝跟明華由於爸爸在家，所以非常地高興。

爸爸也做每個星期一次的家庭服務。他到陽台，用一隻脚站立，做出一些滑稽的動作，讓小孩子們觀賞。

但是，由於這是一幢舊的公寓，所以陽台的欄杆忽地斷了，爸爸就從五樓跌到一樓。

文輝一邊高興地拍著手，還一邊從欄杆探出頭說：「爸爸，明華還沒看到，你再來一次。」

有效的生命

在張家，老張夫婦正在吵架。

「我最討厭你了。」

「哦！那你爲什麼要跟我結婚？」

「還不是你說如果我不跟你結婚的話，你就要去死！」

「當初你讓我死了還好哩！」

「可時，當時我還不是你的保險受益人。」

無能的丈夫

在警察局的一房間內，刑警正在問陳太太。

「你兒子好像被綁架了？」

「是的。」

「最先發現勒索信的是誰？」

「是我丈夫。」

「今天你丈夫呢？他沒有跟你一起來嗎？」

「我丈夫嗎？在你面前提這些，的確有點奇怪，可是我丈夫是個沒用的傢伙。平常所有大小事情都是由我一手包辦的，所以我丈夫今天來的話，大概也沒有什麼用。」

「夠了！我知道了！那我問你好了。嗯……，首先當你看到勒索信………哦！

原來是這樣！歹徒信上說：『如果擔心你兒子的生命就準備一百萬，並靜待連絡。如果你報警的話，你的兒子就會沒命。……追加一項，你應該多給你丈夫一些零用錢，否則就把你兒子殺掉！』

「好奇怪哦！刑警先生，最後二行的筆跡好像有點不太一樣，不知道到底是怎麼一回事？」

洗衣機

老公從公司一回到家，他的老婆鐵青著臉從裡面跑了出來。「老公，秀雄把頭放進洗衣機，而我也沒注意竟把開關轉動了……。」

老公一邊脫鞋子，一邊說：

「那個傢伙有沒有洗乾淨呀？那他今天晚上可以不用洗澡了。」

溫柔的你

她已經病得很衰弱了，死期對她而言，似乎就在眼前了。

有一天，她拉起丈夫的手。

「親愛的，我好想再去一次蘭嶼。記得結婚前，我們二人曾經去過一次。那一次只有我們二個人，眞的好棒哦！當我們在那裏時，我還打算把一切都給你。儘管如此……儘管如此……。」

他牽著她的手，溫柔地對她說：

「我當然知道。我一定要再去一次蘭嶼，因爲這次妳才能眞的把一切都給我，包括妳的私房錢、首飾等……。」

注意號碼

「親愛的，雖然這附近是住宅街，可是讓小孩子在馬路上玩，是相當危險的。隔壁的小孩子跳上四輪車玩的時候，被一部汽車撞傷了吔！」

「好像是那樣吧！現在還有四輪車的殘骸。救護車來了嗎？」

「有呀！」

「哼哼哼哼………」

「幹嘛！你在笑什麼？」

「沒有啦！其實，那輛四輪車的號碼是九五號，而九五的發音正好與救護車的發音一樣，所以才會發生車禍。」

「啊！好可怕哦！那麼我們家小孩的車子是幾號？」

「咦！幾號呢？看一下……。」

那位太太走去一看——「啊！也是九五號。」

聰明的小健

「哇！哇！」

當母親在餵寶寶喝牛奶時，聽到了小健的哭聲。

「怎麼了？小健！你是哥哥，不可哭哦！」

「可是金魚不動了嘛！」

媽媽去金魚缸一看，魚果然死了。

「啊！好可憐哦！可是沒辦法，它已經死了。小健，你也不要太難過了。」

「好！那麼到對面的糖果店去！那裏有魚形狀的糖果，媽媽買那個給你。」

小健拿到那些糖果之後，果然破泣為笑。

「怎麼了?小健！」

媽媽一看小健，他又在哭了。

「哇哇！哇哇！」

「你怎麼又哭了？」

「不是啦！哇哇……」

「那麼到底怎麼了嘛？」

「媽媽，我曾經在百貨公司看到大的邱比特巧克力，今天我想要吃那個！」

媽媽嚇了一跳。如此一番折騰，嬰兒竟奇妙地安靜……。

有名的選手

曾經在奧林匹克運動會大放異彩的名選手，如今正命在旦夕。

「發病到現在，只有三天。像這樣急速惡化的病例，以前還沒有發生過。」

主治醫生在說這些話的時候，這位瀕臨死亡的名選手，忽然張開眼睛說：

「醫生，那這麼說來，這還是世界記錄哩！」

主人與寵物的關係

我每天早上，都在公共汽車上讀外國的雜誌。現在我就把昨天在車上看到，很有趣的一則故事告訴大家。

這是則寵物跟主人很像的故事。

住在洛杉磯的史密斯先生，是個既英俊、又瀟灑的單身貴族。他養了一隻公的寵物狗。這隻狗，每次有新的女朋友的話，就會把牠帶回自己的狗窩，二隻狗如膠似漆。這一點與牠主人的做法，幾乎一模一樣。

此外，還有一隻是住在巴黎一位模特兒的猫，牠跟主人也很像，最喜歡打扮。聽說每天早上，牠也都坐在鏡子前面化粧，並做美容體操。

各位小姐，妳們的寵物是否也如此呢？

自動販賣機

在一部早上的公共汽車上，有二個近中年的上班族在進行著他們的對話。

「昨天，我家附近的超級商店有一部新的自動販賣機在展示。」

「你去看過了嗎？」

「嗯！把十個十元硬幣投進去，就會從裡面出來一個新的老婆。」

「哇！好棒哦！」

「可是，有更好的另外一部機器！」

「哦！是哪一種機器？」

「就是把舊的老婆放進去，就會跑出十個十元硬幣的機器。」

發射球

星期一的早上，在公共汽車上，大家興高采烈地談高爾夫球的事。

「聽說你昨天去了，成績如何呢？」

「不錯呀！我打到第15洞。」

「哦！哦！」

「球飛到了右邊的樹林，剛好打到一個在那附近玩的小孩子。小孩子被打到以後，倒了下去……。」

「該怎麼辦？球飛到了右邊的樹林。」

「嗯……」

「那麼，你下次要再加強左手的臂力……。」

一直到死

我昨天做了一個很奇怪的夢。

到動物園看猴子山。

有一隻很喜歡模仿別人的猴子，我就在那隻猴子面前做了一些猥褻的動作讓牠看。

那隻猴子看了我的動作以後，馬上有了反應。好像牠也注意到我剛才的動作，於是乎牠就學了起來。

不久，別的猴子也靠了過來，大家開始一次又一次地學牠的動作。

每一隻猴子最後都不支倒地，我在一旁看了哈哈大笑。

「你眞是笨蛋，你教猴子這些動作，牠們會一直做到死。」

突然之間天裂開了，我聽到神的笑聲。

「笨蛋！如果教人核子爆炸的話，他們也會一直研究到死爲止。」

這時，我突然醒了。

我服務的外國總公司，接受了當地政府的委託，聽說從上個月開始研究核子武器。

小希望

在火車站的月台上，有一些喜歡抽煙的人，趁機在此

享受著抽煙的樂趣。

有一個人看著在吞雲吐霧的中年人，擔心地對他說：

「嘿！你還是沒有變，仍然那麼愛抽煙。」

「對呀！只有這個是我一直無法釋手的。」

「可是聽說你這次做定期檢查時，已發現肺上有腫狀物，不是嗎？」

「嗯！搞不好也許是癌症。」

「怎麼會這樣呢？……總之，香煙就是不好。」

「所以，我正在吸著我小小的希望。」

「小小的希望不是很好嗎？」

「不，反正我也不想活很久。所以，活很短只是我小小的希望。」

殺死太太的方法

很晚了，我搭上了最後一班的公車。有二個喝醉酒的人在交談著。

「我老婆好吃懶做，每天只會坐在電視機前看電視，根本不做家事。」

「眞的有這種事？」

「當然是眞的。我眞想把那女的殺了，不知有沒有什麼好的方法？」

「若是那樣的話，我倒是有一個好方法。」

「拜託你敎敎我，拜託啦！」

「把洗衣機弄漏電，如果她手溼溼地去摸洗衣機，她就會因觸到漏電的洗衣機而致死。她若因意外事故死亡，與你一點關係也沒有。」

「哇！眞的是好辦法吔！」

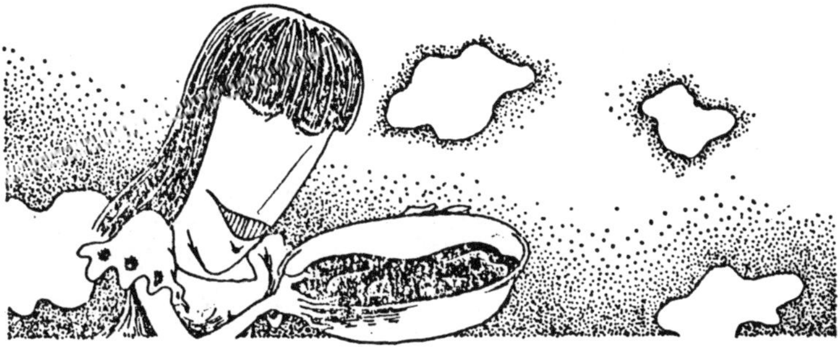

「對呀！當然是一個好辦法。」

「可是……，等等，不行呀！每次都是我在操作洗衣機的。」

吃鎮痛劑的方法

「醫生，您上次給我的鎮痛劑，價錢很貴，可是好像沒有什麼效果。」

「怎麼可能呢？啊！我知道了！你吃藥的方法不對……。」

「吃藥的方法？每次一開始痛，我就把藥連同水一起喝下去，應該沒錯吧！」

「不行！不行！那個藥是要在你開始痛三十分鐘後，服用才有效的。」

通心粉料理

N夫人親手做的通心粉料理非常好吃，用一句話來形容最恰當不過了——又Q又香。用力咬的話，中間還會有很香味道的湯跑出來呢。

吃完飯之後，N夫人把她最得意的毛皮手工拿出來給大家看。她做了各式各樣的東西，有洋娃娃的帽子、掛在牆壁的擺飾等，這些東西也都相當不錯。

「很有品味的嗜好哦！」

「沒有啦！沒有啦……」

「可是，這是用什麼毛皮做的呢？」

「全部是猫皮做的。」

「而且，這些猫全部是我自己養的。來，我帶你們去看看。」

N夫人於是帶我們到地下室，整個地下室大約有20隻

左右的猫。

「我用藥讓牠們睡着之後，再取牠們的皮。走，我再帶你們看。」

我嚇了一大跳說：

「不用了。謝謝你請吃這麼好的通心粉料理。」

這次輪到N夫人大聲地笑了，她說：

「唉呀！您眞是會開玩笑。您剛剛吃的東西，怎麼會是通心粉呢？那是猫的內臟做的呀！」

荷包蛋

從蜜月旅行回來的第二天，新婚妻子忙著在做沙拉。

這時，他的丈夫在一旁對她說：

「親愛的，你知道嗎？我最討厭沙拉了。以後每天早上，你煎荷包蛋給我吃好不好？我從小時候開始，就是每

天早餐吃荷包蛋的。」

沒多久，新婚的妻子就把菜端到桌上，然後她坐在桌子旁邊。丈夫把眼睛離開報紙，忽然發現新婚的妻子在流眼淚。

「怎麼了？難道我只說那樣，你就難過得哭了嗎？」

妻子一句話也沒說，丈夫臉向桌子上瞄了一眼。桌上早就有一盤荷包蛋，只是做丈夫的沒看到而已。

手足情深

有一個客人與主人談得非常高興，由二個人的談話大概可以知道他們是十幾年沒有見面的老朋友。主人幾乎都沒有動到筷子，而一直喝酒。

客人一邊吃菜，一邊說：

「你兒子現在怎麼樣了呢？」

聽客人這麼一問，主人說：

「他現在當開業醫生。」

「那您女兒曉華現在怎麼樣了呢？」

「她出家了。」

「哦！原來如此！那您第二個兒子呢？」

主人一邊笑，一邊說：

「他現在經營葬儀社。」

「哦！原來如此！原來如此！啊！他們倒是很能互助合作吔！那麼，第三個兒子呢？」

「在附近的超級市場經營肉店。」

客人邊笑邊說：

「眞可惜！這行跟其他兄弟的職業搭不上關係。」

可是主人卻用很正經的口脗說：

「不，不見得。你要不要再吃點肉呢？」

豬？火腿

在某一個聚會的場合裡，火腿公司的老闆們在進行著談話。

「我們公司打算展示新的機器，同時做一些示範。」

「哦！那麼請問是哪一種機器？」

「從這裡把豬放進去，火腿就會從另外一邊跑出來。肉類加工業的福特系統，就是根據本公司的這套方法開發出來的。」

由於這個老闆似乎很得意地在談論著這件事。所以，另外一家公司的負責人就挖苦他說：

「既然如此，那我們公司就來展示把火腿從這邊放進去，另外一邊會跑出豬來。」

聽他這麼一說，對方也不干示弱地說：

「可以呀！如果有那樣機器的話，在展示期間，本公

司免費提供火腿，請你們把它變成豬。」

聽到這裡，這個老闆的秘書輕聲地附在他耳邊說：

「老闆，不可以。不可以使用我們公司的……。到時候跑出來的不是豬，而是人。」

人造肉

在婦女會舉行了一場「人造肉試吃會」。

「啊！這是人造肉呀？」

「好嫩，就像是小牛肉的味道。」

主婦們個個都忙著在試吃肉。沒多久，當試吃會接近尾聲時，會場的銀幕上播出了「人造肉的製造過程」的影片。

但是，可能放映錯帶子了，播出來的片子是在講性敎育的電影「妊娠與生產」。

會場上的某個人忽然說：

「啊！人造肉，就是用人做出來的肉嗎？」

隨著這一句話，在會場上的婦女都嚇呆了。

蜜蜂之子

有一家料理店，相當的受到歡迎，它最有名的一道菜是「蜜蜂之子」。

客人一邊吃，一邊說：

「吃這種菜的話，媽媽會很高興。」

這時，剛好這家店主人的兒子從裡面出來，所以客人便對他說：

「這些蜜蜂子聽說都是你收集來的。」

「是的，今天這些全部都是。」

「這樣呀！今天的好像比平常的要來得大？」

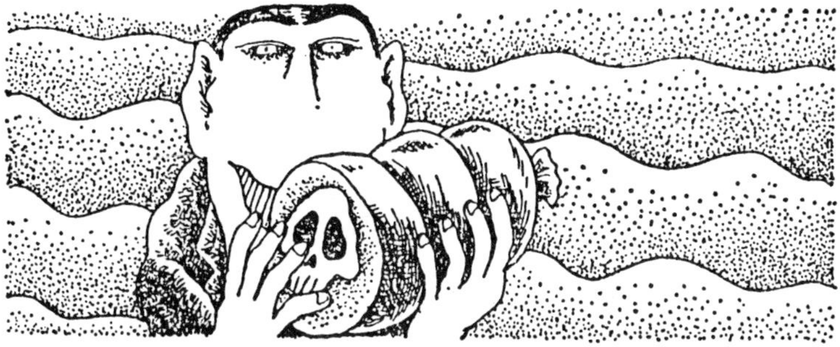

「對呀！不過你別太在意，這是我在學校學的。」

「學什麼？」

「以動物學的觀點來說，蜜蜂與蒼蠅是相當類似的，也就是具有密切關係的親戚。」

完美的味覺

博士在國安旅館講解肉的判斷。

「草食動物與肉食動物最大的差異，在於其肉味完全不一樣。總括一句話來說，肉食動物的肉酸味較強，並不會很好吃。」

一邊吃一邊將菜送入口中的博士，想了一下說：

「奇怪？這是什麼肉呢？好像不是牛的肉……奇怪？這到底是什麼肉呢？這又好像是地方特產的草食動物，但草食動物的肉吃起來較嫩。」

在廚房煮菜的太太說：

「老公！你還眞差勁吔！連自己吃的是什麼肉，都不知道！」

老公在一旁就開口說：

「老婆！吾作曾經說過：今日的佛也不喜歡肉。」

螳螂

挺著大肚子的太太正在跟客人說話，客人說：

「嘿！聽說螳螂的媽媽爲了生小螳螂，會把螳螂爸爸吃掉。您如果也那樣做的話，會怎麼樣？」

太太笑笑地回答說：

「可是，螳螂吃的是戶籍上的爸爸，還是那個眞正的爸爸？」

好的附錄

這裡是婦女雜誌的編輯部。

「主編，下個月的附錄好棒哦！」

「眞的嗎？」

「在這個月的雜誌上寫出預告，可以更暢銷。」

「可是，下個月的附錄是什麼呢？」

「我記得是『和您先生一起吃的美味晚餐百種』……。」

「爲什麼沒有人改變這項企劃呢？」

主編一邊說，一邊在看下個月的預告，他看了說：

「糟了，這絕對不行，排版錯誤了。這上面的意思已經改變成『吃掉你老公的各種吃法』……。」

黃金肉

「媽，今天的菜是什麼呢？」

「是你們最喜歡的黃金肉。」

「哇！好高興哦！」

「是爸爸帶回來的。冬天山裡是相當危險的，所以爸爸也沒辦法去。可是，因為現在已經是春天了。」

當狐狸一家人在吃黃金肉的時候，在山邊等待雪融的搜索隊員說：

「咦？罹難者的屍體應該是掉在這附近沒錯呀！」

體貼

由於遇到了海難，有二個人漂流到一處無人之島。島上幾乎一點食物也沒有。經過一個星期左右，其中一個人（甲）說：

「在別人救我們之前，如果我們其中有一個人死去，還沒有死的那個人，可以吃先死掉的那個人的肉。」

另外一個（乙）面露出警戒的眼神說：

「你的意思是不是說，我們之中有一個人會被殺掉。」

甲沈痛地說：

「在這種時候，我們應該來個公平的解決方式。」

「眞的是需要如此了。」

「那麼，好吧！我們就用丟銅板來決定，你覺得怎麼樣？」

「可以呀！就這麼決定了。」

於是就拿出銅板來，他說：

「如果是正面的話，就是你。如果是反面的話，就是銅板的肖像。如果是站立著的話，就是我。」

滅火器

在一家公司的接待室內，由於等了很久，王大爲先生無聊地在玩弄著掛在一旁的滅火器。

才弄了一下，就不小心使滅火器流出了白色的液體。王先生嚇了一跳，想要把它趕緊關掉，可是已經來不及了。而白色液體流了滿地，房間更是一片凌亂。

王先生臉色都變白了，覺得自己眞的是太不小心了，心想萬一因爲這樣，也許人家今後就不會和我做生意了。

他想了一下，決定趕緊把報紙及雜誌舖在地上，然後點上了火。

自殺菌

今晚的夜色分明，空氣中飄起了一陣花香。

在這樣的夜晚，每一個人都會覺得這是散步的好日子。

羅達文從火車站出來之後，決定不要搭計程車回公司的宿舍，他決定今晚要散步回去。

這已經是小羅最後二、三次再走這條路了，後天他就可以調回北部總公司。那時又可以和妻子、小孩一起生活，他即將結束一年多的單身赴任的生活了。

一回到總公司，營業部副理的位子就在那裏等著，這實在太値得了。今後前途將是一片光明，愈來愈往高位爬升了。

搬家的準備還差一點點而已，最近由於忙著工作交接及送別會，經常忙到半夜三更才摸黑回宿舍，今天也和往常一樣不例外。

公事包裡面裝著在雜貨店買的繩索。大約地整理一下，就可以打包了。反正是單身漢嘛，行李並不會很多，頂多只是一些日常的用品而已。

在車站一起下車的旅客，在每次轉角之後，就漸漸地減少了。有一個年輕的女孩子，也在轉角之後不見了。

當看到那個女孩子的背影時，他想起了在公司發生的一件怪事。

這並不是件愉快的事，若是對面的大樓沒有目擊者的話，他還眞不能相信這件事。這件事一定大有文章，不可能那麼單純……那個女孩子……。

大概是上個星期二的樣子，時間大約是二點左右。

那時小羅由於比較晚吃中飯，吃完了中飯之後，他到大樓的頂樓上去。由於宿醉，加上有點感冒，所以他想到屋頂上去透透氣。同時他也想在回北部之前，再看這個城市最後一眼——這樣想時，他心中不免有些感傷。

「啊！」

在屋頂上打哈欠時，他發現了在當總機的史密柯小姐一個人站在那兒發呆。這個女孩子，他記得曾經在運動會時看過她。

「啊！」

史小姐看到之後笑了，她笑的時候有很深的酒窩，是個很可愛的小姐。

「休息時間？」

「是的。」

小羅想起了她最近即將結婚的事。

「恭禧妳了！聽說妳快要結婚了。」

「是的。我也要恭禧你了，聽說你升官了。」

「沒有，其實也稱不上什麼升官。不過我本來就是總公司那邊的人，現在調回去，同時又可以和家人團圓，這點眞的很慶幸。」

「我好羨慕你哦！」

「我才羨慕妳呢！結婚的事都準備好了嗎？」

「嗯！差不多了。」

她害羞地低下了頭。

史小姐個性溫柔，器量也很好。在公司的時候，就有很多人追她。

聽說要和她結婚的對象，好像是在某大企業管理部門工作。這眞是郎才女貌。

「是本地人嗎？」

「是的！」

「聽說他是××企業公司的員工？」

「是的。」

「所以，妳看著他上班的大樓，在想他的事嗎？」

××企業公司，剛好是在史小姐後面的那幢大樓。

「不，不是這樣的。」

「可是看妳好像很高興的樣子。」

「不，沒有這回事。」

小羅看到史小姐時，她的確是一副很沈醉的樣子。

「不，不是這樣的。」

史小姐大聲地這樣說時，卻又突然靜了下來。她臉上出現了不安的表情。現在這個樣子，就跟剛剛沈思的樣子一模一樣。可是，快要結婚的女人，爲何會一個人站在這個屋頂上呢？

「我在想一些事情……。」

史小姐抬起頭來說。

「想什麼事？」

「是呀！我在想上次人家問我的一個奇怪的問題？」

「什麼事呢？說說看！」

「課長，您有沒有聽過自殺菌的事？」

「是的，所謂自殺是傳染病的一種，其病原菌就是自殺菌。」

小羅笑了。

「我沒有聽過吔！」

「可是這件事好像是眞的。不管處在怎樣的困境中，不會自殺就是不會自殺。可是，有些人卻會沒有任何理由就自殺了。」

「有這種事嗎？」

史小姐由於是用一種很認眞的態度在說話，所以小羅止住了笑。

「全部都是因爲自殺菌。所以，如果被它傳染的話，自己也很難救自己。」

「難道妳已經患了這樣的病？」

「我自己覺得……好像有……。」

「別說傻話了，是不是妳自己對這樁婚姻有什麼不滿？」

「是的，請你不要笑。其實他是一個很好的人，這也是一樁蠻好的婚姻。我自己也不知道到底是怎麼回事……。」

「這眞的是一樁不錯的婚姻。」

「可是，我自己總覺得哪裏不對……原因也不知道在哪裏？所以，總覺得自己是不是哪裏有病？這樣的話，對他來說也不太好。」

小羅沒有辦法，所以還是笑笑地說：

「結婚之前，總會有些感懷。也許會有些不滿之類的，甚或擔心。妳在這方面要有點自信，不要想太多了。走吧！我請妳去喝咖啡。」

「好……」

史小姐好像已經釋懷的樣子，跟在小羅的後面下樓了。

到了地下室的咖啡廳，喝完了咖啡之後，他們就分手了。

三十分鐘之後，小羅聽說史小姐從樓頂上跳樓自殺了。

這件事很快地就在辦公室傳了開來。

「這本來是一樁美滿的婚姻。」

「本來應該是很幸福的。」

「是否有什麼內情呢？」

警察最後也來調查這件事了。

與史小姐見最後一次面的小羅，也被叫去問了很多問題。小羅當然沒有忘記自殺菌的事。

可是，這件事他沒有對任何一個人提起過，包括警察及公司的同事。因爲這件事的確是蠻奇妙的。

「可是，史小姐爲什麼自殺了呢？」

小羅一邊走向宿舍，一邊在想著史小姐的事。連續幾天，都一直在想這件事。這一定有什麼內幕，她說了那麼多奇怪的話，最後又一笑置之……。其實，當時如果仔細聽她說的話，也許她就不會死了。

之後，又過了一個星期。

又聽到了很多的傳說，可是說歸說，大家仍然不知道史小姐眞正自殺的原因。

「果然還是自殺菌。」

小羅搖搖頭喃喃自語。

這種事怎麼可能呢？還是不要相信這種事比較好。是不是有什麼原因？唉呀！別人的生活，無論如何實在是很難理解。

因爲小羅有更美好的人生在等待他。所以，他很快地就把注意力轉移了。升爲總公司的副理，可以和家人一起生活，哇！多彩多姿的人生在等待著……已經快到公司的宿舍了。一轉過這個轉角，就可以看到松林。這一帶的夜景，今晚看起來更美，是個寧靜而恬憩的夜晚。

小羅一邊抽著香煙、一邊轉過了轉角，這時月亮的光暈透過了樹林映在地上，這有點夢幻般的感覺。小羅忽然搖了一下頭，感覺好像有一種奇妙的東西進入他的身體。他一直打顫……，好像感冒了一樣。

「奇怪，是不是感冒了呢？」

嘿！這句話好像史小姐也說過的樣子。

小羅揉了揉眼睛，看了松林一眼。

「啊！如果能在那裏盪鞦韆的話，一定很棒。」

而且，公事包裡面又有繩子。

「把它吊在脖子上看看……」

心中這樣想時，小羅快速地走到松樹下。

在這個朦朧的夜晚………。

蛇皮的靴子

大樓的階梯很暗。

有一個男人一邊看著天空、一邊慢慢地走著。天空中連一顆星星也沒有，由於被霓虹燈的燈光照射，天空呈現了一片紅色。

現在的時間是凌晨三點多，整個城市一片的寧靜。街上甚至連喝醉的人影也沒看見。有一個聲音，他聽到一隻野狗跑掉的聲音。

離最早一班火車開出的時間，還有一段時間；同時，離東方的天空變白之前，也還有一點兒時間。走在街上，可以感覺到冷冷的寒風吹過來。這個男子打了一下哆嗦，順手就把衣領翻了起來。

這名男子是在車站前咖啡屋工作的小弟，店大都是在凌晨二點左右才打烊，把喝醉的客人送出門後，他的工作就是洗滌餐具、打掃室內、整理桌椅等，然後就這樣結束了他的一天。

今天有一個女的醉了，現在那個女的大概跟帶她出去的那個男人，在某一家旅館享受著溫馨的片刻吧！他腦子裡，浮現了那對男女衣衫不整的樣子。

這時候，這名男子忽然想起了那個已經與他分手的女人。其實，那個女的眞不賴。跟她走在路上，總會有人頻頻回過頭來看。

男子擡起頭來，仰望著天空說：

「怎麼莫名其妙就分手了呢？」

那個女的是旅館的小妹，他們二人認識大約一個星期之後就同居了。像這種小弟與小妹在一起的例子，是經常有的，談不上稀奇。

女的在賺錢方面相當有一套，逐漸地她的收入愈來愈多，生活也愈來愈富裕。他們二人住的地方，也由狹窄的斗室，搬到了有九坪大的高級套房裡去了。隨著收入的增加，女的也就愈來愈驕縱了。

男的原先也都不怎麼在意，只是儘量讓那個女的，可是到了後來卻也愈加得寸進尺。尤其她與一些較高級的客人來往之後，愈來愈不把那個男的放在眼中了。

這個男的到最後也忍無可忍了。

「好棒哦！義大利製的吔！聽說要五萬元才買得到，這男的很有錢。」

女的說了這些話，那個男的終於開口了：

「才不是什麼有錢人哩！他是對妳有目的的！」

「少來了，你是不是在嫉妬呢？」

「我怎麼會呢？妳拿了人家那樣的東西，是不是妳跟他睡過了？」
「少來了，我才沒有呢！」
「沒有跟他睡過，人家怎麼會願意花五萬呢？」
「你憑什麼這樣說？」
「別裝了！妳們一定睡過了。」
「笨蛋！」
「妳說什麼？妳再說一遍看看。」
「我偏要說……。怎樣？沒錯，我是和那個男的睡過了，您想怎麼樣？」
他們愈吵愈凶，最後那個女的說：
「我又不是屬於你一個人的，你也沒有權利干涉我。既然如此，我們乾脆分手好了。」
那個女的就這樣離開了那間套房，再也沒有回來。
經過三個月之後，她也都沒有回來拿衣服，而那個男的心裡也揣測她大概不會回來了。

可是，其實他心裡還是很希望她能夠回心轉意。

男的終於回到家了，他拿出鑰匙來開門。一打開房間的門，有一股冷風朝他臉上吹來。

「哦！……」

男的顫抖了一下，他發現床裡面有東西在動。

奇怪，是什麼東西呢？毯子下面好像有一雙靴子的樣子。啊！八成是那個女的回來了。

她大概喝醉了，所以靴子沒脫就上床睡覺了。那個男的靠近那個女的，抱住她的脚。他覺得好柔軟，觸感相當好。

男的把手伸進棉被裡去………。可是，奇怪！她的脚怎麼那麼長……。

太陽升起，此時已是清晨了，外面街道上傳來擴音機在說話的聲音：

「大家請注意！大家請注意！這麼早就打擾各位，眞的很抱歉！因爲動物園有一條錦蛇跑出來了………。」

黑色笑話 BLACK JOKE

生產

「哇！看起來很好吃的嬰兒哦！聽說有三千五百公克。因爲有骨頭，所以一百公克如果算六十元的話……全部大約是二千元。」

※　※　※

「指頭一共有十隻？那麼，右手有四隻？」

生日

「你不喜歡半途而廢，所以你死的那一天一定也是你生日那一天。」

※　※　※

「眞的是第二十一次了，如果你覺得不可能的話，可以在我肚子上數數看！因爲有二十一圈切腹過留下的痕跡。」

探病

「我們來講一則刺激的故事吧！昨天我看了一部西部片，主角是西部的一個持槍歹徒。這個歹徒的槍法很準，可是最後卻還是輸了。唉！眞可惜。」

「你想吃什麼東西嗎？至少我會告訴你的。」

※　※　※

求婚

「子美，妳不想趕快進我家的墳墓嗎？與一般的住宅區不一樣喲！每一年都會增值……。所以，妳就趕快嫁給我吧！」

結婚典禮

「爸爸如果還活著的話，他看到今天的結婚典禮不知道會有多高興。」

那晚，在沒有人結婚的典禮會場，天花板竟打了個大哈欠說：「啊！今天又是秀才與才女嗎？」

第二章　黑色會話術

●加強諷刺與惡毒的話

姊妹市

市長的秘書說：

「市長，最近外國的城市與我國的城市締結姊妹市的風氣很盛，本市是否也要跟進？」

「嗯！可是，本市在國際上並不是很有名呀！」

「說的也是。又不是說有文化遺產，或者是什麼產業都市之類。」

「那有什麼好主意呢？」

市長的秘書想了一下，忽然拍了手說：「啊！有了！」他說：

「市長，如果下次原子彈落在我們這個城市的話，我們不就有名了嗎？……」

變成美女的方法

「醫生！拜託你。這一生只要這一次就好，希望別人能稱呼我一聲美女。而我的錢也都準備好了。」

聽那個女的一邊說一邊哭，外科整容醫生也有點被她感動了。可是，那個女的臉實在不好動手術。

「傷腦筋啊！」

「拜託你！什麼都可以，拜託。」

「這樣呀！也不是一點辦法都沒有，可是這需要一點勇氣哦！」

「當然！沒有問題。」

醫生拿出了幾本黃色雜誌說：

「把衣服脫掉……。」

「在這裡嗎？」

「不，不是的，是在街頭。然後，奔向迎面駛來的車子。」

不久，報紙或雜誌就會刊出：

「全裸美女離奇死亡！」

死　刑

剛上任的劊子手，正在看薪水給付的明細表：

「所長，這和以前的比較起來，稅金好像多了一點……
……。」

所長摘下眼鏡看了看明細表說：

「啊！這份工作是需要課徵娛樂稅的喲！」

服裝模特兒

裁縫店老闆娘縐著漂亮的眉頭說：

「你店裡做的模特兒，風評不太好，總覺得好像有陰氣的感覺。」

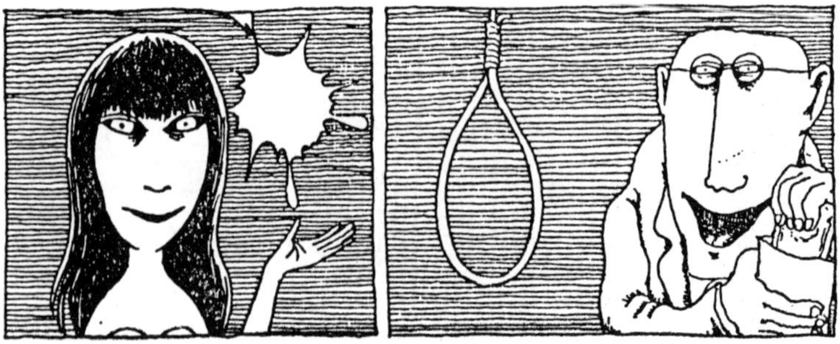

「陰氣……是嗎？」

「是的，有的人還說那好像死人一樣，眞像一個瀕臨垂死邊緣的女人。」

「是這樣呀！等一下，我先打電話到廠商那兒去問看看。」

「不用了，不用這麼急著去問嘛！」

「不，因爲我很在意這件事，所以……」

模特兒店的人打了電話，沒多久他切了電話，然後臉色沈重地說：

「本地叫做『花夫人』的店，還有沒有別家？」

「沒有呀！只此一家！」

「模特兒聽說就是那裏的老闆娘……。」

生或死

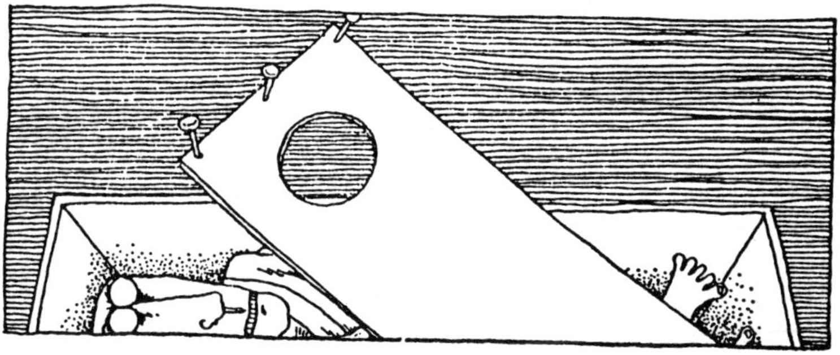

有一位議員的秘書，去請教心臟移植手術很有名的W博士：

「所謂死，到底是什麼樣的一種狀態呢？」

「嗯！我判斷一個人是否死亡，通常是以他的腦機能是否完全停止來判斷，即使當他的心臟還在跳動的話。」

聽了以後，秘書好像很失望的樣子。

「眞不好意思，向你借一下電話，我想打電話跟葬儀社聯絡一下。」

「怎麼了呢？」

聽博士這麼一問，議員秘書說：

「其實是議員他……，確實他的心臟還在跳動，可是我在想他的腦機能大概已經停止了，所以……。」

不吉利的計算

這是子夏的18歲生日，子夏自己做了生日蛋糕。可是

很不巧地，她竟忘了買蠟燭。

「嘿！弟弟，你好乖，去雜貨店幫姐姐買蠟燭。應該有一盒20根裝的才對。」弟弟去買來了，子夏把它們插在蛋糕上。

「姐！爲什麼你只插18根呢？」

「這代表我活了18歲呀！蠟燭就是在你生日時，用來裝飾在蛋糕上的東西。」

弟弟看了看盒子裡的二根蠟燭說：

「那麼剩下的那二根蠟燭，是不是代表你只有二年可活了？」

休假

討論題目：單身女職員VS單身男職員。

「對男人而言，或許他們不了解，可是眞是無聊！」

「對女人而言，或許她們不了解，可是眞是無聊！」

「對工作總是沒有辦法專心！」
「對工作一點也不專心！」
「覺得每月一、二天在家休息是必需的！」
「覺得每月花一、二萬元在外休息是必需的！」

不夠用的屍體

你知道嗎？

聽說，整個日本的屍體總數不夠。

爲什麼這麼說呢？這是全日本的大學醫學院以及醫科大學一致的心聲。他們爲了實驗解剖用的屍體不夠的事，傷透了腦筋。

結果，有人建議從開發中國家輸入屍體……。有一家公司甚至打算從速食麵到飛彈都一手包辦，可是這還牽涉了許多的因素。其中包括了輸送方式及人道上、宗教上的

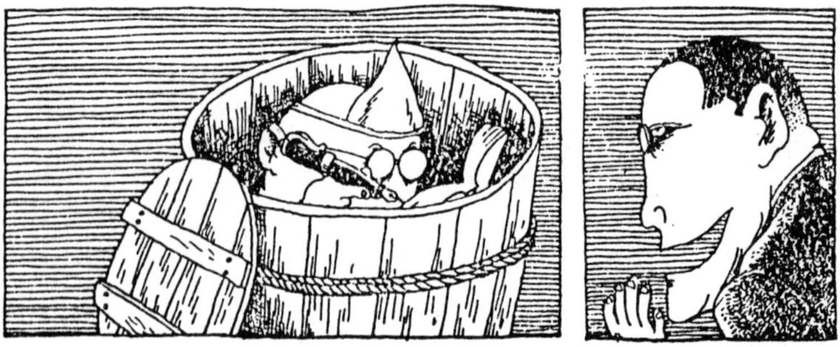

問題等等。

「唉！哪裏有便宜的屍體呢？」

當負責人爲了這件事傷透腦筋時，那家公司負責炸彈的人忽然說：

「有了！」

董事長的回憶錄

總經理的上面應該是董事長，副總經理的上面則是總經理。副總經理的下面是……依此類推。每一個上班族，都希望上面的人趕快離職。

有時候心裏想的事，會不知不覺地說溜嘴。

「董事長，您想寫一些有關您自己的回憶錄嗎？」

總經理向董事長這麼一問，董事長開口說了：

「不，還不到時候。我只是想寫創業時代一些不爲人

知的小插曲而已。」

「啊！眞想早點拜讀您的文章。」

「不，這只有等到我死後才會發表……」

「那麼，您就儘早……。」

免費招待

結婚第五年，在某一個夜晚。

丈夫看著電視的節目說：

「啊！怎麼這些節目都這麼爛！」

妻子在一旁，邊打哈欠邊說：

「有什麼辦法？免費的東西，你就不要太挑剔了！」

「哦！這樣呀！」

「好吧！既然電視不好看，那我們就來睡覺吧！今天剛好是安全期……」

丈夫也打了個大哈欠說：

「好吧！反正是免費的，也沒什麼好挑剔的！」

預約結婚典禮

「如果不能和妳結婚的話，我寧願死。」

「你說眞的嗎？」

「那當然！」

「我知道了。那得趕快決定個日子，然後事先預約。」

「好棒哦！你決定會場吧！」

「嗯！決定要聯絡葬儀社。」

罪惡感

「喂！喂！電台服務中心。」

「是的！您有什麼問題嗎？」

「嗯……，我……每次和男人約會，都很快就會發生肉體關係。」

「哦！」

「每次做了那種事後，總覺得有很深的罪惡感，我常爲這件事覺得很痛苦。」

「原來如此！那你是想問該怎樣，才能抑制和男人發生關係的衝動嘍！」

「不，我是想請問，如何才不會有罪惡感，而又能和男人……。」

賭局的勝者

奇蹟的逆轉

「這一次一定會贏。」

純介一邊在心裡這麼想，一邊走進了麻將中心。

第一局純介大勝了。第二局他也贏了。總數高達六萬點。可是，第三局就沒有那麼順利了。

到了最後一局，純介的扣分約是二萬。對面浮出二萬點左右，可是高峯又跑掉了。

所以純介在想，根據最後的牌，他不知是否能把扣分降至一萬點。可是在看了最後的牌之後，他放棄了。北二張、三條二張、八萬雖然有二張，可是其他的牌則是零零散散的。

第一次自摸是北，這樣一來北就變成暗刻了。

「他家等風的話就糟了，是否能確保是安全牌。」

一邊這樣想，第二次自摸時，指尖似乎有三角的感覺，三條進來了，這時就變成了暗刻。

第三次自摸的時候，純介的臉有了光采。馬上就變成三暗刻。

第四次自摸一萬，這時純介擡起頭來了。

他的腦海裡，浮現了昨天看到老婆婆的臉。

「到底那個傢伙在做什麼呢？」

第五次自摸時，純介嚇了一跳。發下來的又是一萬，好了這樣手上就有四個暗刻。他的牌愈來愈好。

然後，紅中在不到一巡之前，就到對面了。

「就是那張，四暗刻的單吊等待。重複六萬四千點嗎？」

純介暗叫了一聲。他覺得有一種恐怖的東西好像掌握了他的命運似的，心中有一股不安。

勝負完全反轉過來了。

純介連第一莊在內，這回已經贏了五萬六千點左右。

第四局他也贏了，第五局也是。

他的死黨一個個表情都不太愉快。

「有個傻瓜在，眞令人討厭。」

一直打到天亮，他們四個人才停了下來。結果是純介一個人大贏。他得到了三萬多塊錢的現金。

可是純介的心情卻很不好，他不得不相信老婆婆說的話。

純介的理性不知是否定了多少次「笨蛋」這個字眼，可是結果好像正如老婆婆所說的。

老婆婆的預言

這是昨天晚上的事。純介開著車，奔馳在黑暗的省道上。路邊有一個髒骯的老婆婆蹲在那裡，心裏想那大概是乞丐之類的人。正想通過的時候，由於看到她脚上流著血，所以停下車來看看。

「老婆婆，您怎麼了呢？」

「我被石頭絆倒受傷了！」

純介並不是一個特別親切的人，可是總覺得如果就這樣棄老婆婆於不顧，似乎有點兒不忍。他從車子裡取出毛巾，然後幫老婆婆清理傷口並加以包紮。

「老婆婆，您要去哪裏呢？」

「××街。」

「是墓地那邊嗎？我送您去吧！反正順路嘛！」

有一點兒繞路，最後老婆婆在一處很荒涼的地方下車了。

「你就要在這麼荒涼的地方下車嗎？」

「沒關係，到這裡就行了。」

純介心中覺得有點兒害怕。可是他想，反正他又不會長久跟這個老婆婆交往，她只是一個陌生人而已。

於是，他把車停在陰森森的墓地旁。

老婆婆一下車，就咧嘴笑了。

「謝謝你。你一定對我的事，覺得很好奇吧！哈！哈！哈！我是惡魔的使者。你不要嚇到了喲！你對我那麼親切，我是不會吃你的。我有一樣禮物要送給你。從明天開始，三天以內，你去賭博的話，我一定會讓你贏。好不好呀？你千萬不要忘記了！而且，你可以把贏來的錢當作今後的財產。」

純介覺得老婆婆好像有點不正常，可是他還是向她道了一聲謝！

之後，他就開車子走了。他總覺得這件事蠻可怕的，可是他很快地就忘記了。

但是，這奇蹟似的反敗為勝，以及連續五局的勝利，純介不得不去想昨夜發生的事。

打麻將的隔一天早上，公司的同事們來找純介去玩牌。

可是純介實在是沒有什麼心情。

沒多久，辦公室的女同事忽然發出了一陣聲音。

「哇……！好羨慕哦！純介又贏了。」

聽著這些女孩子們的聲音，純介好像恍然大悟了一般。

下午的工作，純介都沒有什麼心情去做，他想可能是自己遇到了惡魔，不知不覺中被賦予了超能力。

下午二點多，純介隨便找了一個藉口，就跑到附近的一個賽車場。

純介幾乎是沒有這方面的知識，他只懂得買「券」的方法。

所以，純介就隨便買了一些。

可是，結果還是一樣，沒有一個例外地，他全部贏了。打麻將賺到的三萬元，現在已經變成三十萬了。純介對自己的超能力，愈來愈相信那個老婆婆說的話。

只有僥倖嗎

那天晚上，純介去玩了一次所有他知道的賭博。

柏青哥、賽馬……等，每一次他都贏了。

可是，雖然如此，純介的心底並沒有眞正地相信那個老婆婆的話。

因爲他的理性告訴他，這是絕對不可能的事。純介站在機率論的觀點來看，這大概是一百年一次，或者幾千萬人之中，才會發生的一次偶然。

比方說，他覺得他並沒有賭得很大，因爲他怕一下子會失去那些錢。因此，即使是在賭馬的時候，他也絕對不會賭超過三萬元以上。

此外，純介除了休假之外，他絕對不會去賭博。如果他眞的相信了這三天以來自己的超能力，那他也不用去上班了，只要靠賭博就可以有錢了。可是純介並沒有忘記工作，同時他也並不是很相信老婆婆的話。

可是，他終究都沒有輸過。他從最初的三萬元，已經累積一百多萬元了。

還有三個小時

現在距老婆婆說的三天時間，還有三個小時。純介走在一條很熱鬧的街上，黃昏的街頭，人相當的多。純介被一張貼在對面街道上的紙片吸引住了，他過去看了一看！

「特獎一千萬元，只限今天。」

那是賣彩券的海報。

「彩券也是賭博的一種，或許……」

純介一直在想這一千萬。

「可是，距老婆婆約定的時間還只剩三個小時，抽籤如果是明天的話，就超過時間了。但是，如果在有效期間內投資下去的話，應該是有效的。」

純介忽然苦笑了一下，他認眞地又想了一遍老婆婆說過的話。他覺得自己竟然擔心起這種事，眞是太可笑了。

「可是，要不要買買看呢？…………也許僥倖的話！」

他心裡一邊這樣想、一邊走著，此時忽然想到了什麼似的！

「啊！」

他呼吸的聲音變得很急促，心跳也加速。

純介覺得那好像是這個世界最後的東西，他打了一個寒顫，心中覺得很害怕。

那時，純介的妻子已經在家中等待他的歸來。她在擔心、害怕她擅自決定的那件事，會令丈夫生氣。

「那是很類似儲蓄的東西，而且又可以防止一旦發生了什麼事情的話……」

其實這件事就是，那天下午她用丈夫的名義買了一個人壽保險。

在等丈夫回來的時候，她翻了翻手邊的一本週刊。

當她翻到了人壽保險那一頁時，還特別注意了一下，並仔細地研讀了一下裡面的內容。

「人壽保險……可以讓早死的人蒙受最大的利益。」

她並不太了解這裡面的意思，所以，她馬上翻了下一頁。然後，她看了看手錶說：

「怎麼這麼晚，還沒有回來。」

夢

奇妙的偶然

坐在柔軟的沙發上，一邊喝著香醇的咖啡、一邊閱讀早報。這樣悠閒的時間，是每天最快樂的時光。

可是，這卻忽然變成是一種痛苦了。奇怪？到底什麼時候變成這樣的呢？這會不會是以前發生的事呢？發覺這件事是最近的事。

這是大約一個星期之前的事，我做了殺人的夢。

地點是發生在住處附近，殺了一個喝醉了的外國人，然後還搶了他的錢。第二天早上，想起自己曾經做了一個可怕的夢。之後，翻開了報紙，居然夢到的殺人事件就出現在報紙上。我嚇了一大跳，難道這個世界上眞的有那麼巧合的事嗎？那天晚上，我又夢到留在殺人的現場的手帕是附近的××百貨公司賣的。

連續兩天做了這樣的夢，我也覺得不可思議。可是翻開翌日的報紙，報上竟寫這個殺人事件的凶器是一條手帕，而連××百貨公司的名字也出現在報紙上，我的臉都綠了。

當天晚上做的夢，又是一個接續的夢；這幾個連續的夢眞的讓我覺得很不安。那天晚上我夢到在香巴黎酒店喝酒，而那附近的一幢大樓發生了火災，我跑去看的時候，剛好遇到一個目光凶惡的警察，所以就趕緊逃回家的夢。

第二天報紙上，雖然沒有寫香巴黎酒店的事，可是社會版卻報導了火災的事。

之後幾天，也都連續做了奇怪的夢。只要一睡著，我就夢到自己變成了犯人，充斥著逃亡的不安與焦躁的情景。每夢到這樣的夢，第二天報紙就會報導我曾做過的夢，而內容也都與我的夢一模一樣。我從來就沒有夢遊這個毛病，那這又到底是怎麼一回事呢？

再來是昨天晚上的夢。

我很晚才回到住的地方，忽然二個男子出現了。這二個人原來是刑警。我掙脫了他們二個人，朝緊急出口逃逸，在安靜的公寓走廊上響起了我的脚步聲，而後面的人則一路地追來。我沒有辦法只好從安全門二公尺高的地方由上往下跳。

可是，刑警早已等在那裡了。當我還想要逃走的時候，一個、二個、三個刑警接連地圍上來，很快地將手銬銬在我的手上，我也被送往警察局，而很多記者、閃光燈一直不停地圍繞在我身邊……。

報紙是可怕的

現在，我的面前有早報，昨天的夢是否有刊登在今天早上的報紙上呢？我最後終究還是打開了報紙。

有！果然有。

社會版幾乎都是在說有關這個殺人事件嫌疑犯的追捕過程，而甚至連那個長相和我很像的犯人照片也都被登出來了。

拿著咖啡杯的手，不斷地顫抖著，發出了咯咯的聲音。我合上了報紙，頹然地坐在沙發上。

這到底是怎麼一回事呢？我爲什麼會有預測事情的超能力呢？而且夢中的人又

是一個犯罪者。

啊！糟了！接下來的夢該會是如何的呢？首先是審判，然後是死刑，或許會是無期徒刑也說不定。而這些又會出現在每天的報紙上。哦！不，不！

可是，這些奇怪的事是否還是會一一的應驗呢？

※　　※　　※

就在警察醫院的診療室內，有二個男人在談話。一個人是刑警，而另外一個好像是精神科的醫生。

「這次事件的嫌疑犯，果眞是頭腦有問題嗎？」

「的確是有一點。」

醫生一邊看著護士小姐拿來的病歷卡，一邊又說了：

「分析了他每天晚上做的夢。而他每天晚上，只會夢到他一邊看報紙、一邊喝咖啡的夢。唉！眞是無聊的夢。這或許是因爲他的眞實生活有過多波折吧！」

黑色笑話 BLACK JOKE

老人：「得了這種病，將要不久於人世了。」
青年：「有一句話說久病成良醫，你會不會這麼順利的去，還不知道哩！」

＊＊＊　　＊＊＊

妻子：「彩色電視機買了，電子鍋也買了……接下來買什麼好呢？」
丈夫：「那買電椅給你好了。」

＊＊＊　　＊＊＊

兒子：「爸爸你以前是花花公子嗎？」
爸爸：「當然了。」
兒子：「那這麼說，爸爸是『先上車，後補票』啦！」
爸爸：「因爲有了你，所以沒有辦法。」

兒子：「那麼，如果沒有我的話，那我媽媽是不是會更多。」

＊＊＊　　　＊＊＊

女甲：「傷腦筋了！這衣服一洗，竟然縮水了。」

女乙：「嗯！那麼，如果把你拿來洗洗看的話……。」

＊＊＊　　　＊＊＊

學生：「老師，在貝殼堆裡發現了人的骨頭。」

老師：「在哪裏？在哪裏？讓我看看。太可惜了，這是最近的骨頭，所以根本沒有什麼價值。」

＊＊＊　　　＊＊＊

病人：「這種病痛，二、三天就可以好了嗎？」

醫生：「是的，大概是吧！會不會好，還得再看看。」

＊＊＊　　　＊＊＊

男：「糟糕了！你老公在浴室跌倒了。」

女：「沒關係，請拉繩子。」

＊＊＊

男甲：「有人的心臟是在右邊的。」
男乙：「也有的人是在上下的。」

＊＊＊

男甲：「眞的嗎？」
男乙：「懷孕的話就是了。」

＊＊＊

男甲：「這眞是太悲慘了，彷彿在地獄一般。」
男乙：「嗯！曾經去過了幾次？」

＊＊＊

男甲：「如果有舊的東西，或者是不要的東西，可以捐給慈善機構。」
男乙：「媽媽也可以捐出去嗎？」

＊＊＊

主人：「難得來一趟嘛！喝一杯吧！」
客人：「不，眞的不行。因爲腦溢血實在太可怕了，所以我已經多年不沾酒精類的東西了。」

主人：「既然如此，那麼你抽根煙好了。」

客人：「香煙也不可以。因爲肺癌實在太可怕了，所以已經戒掉好幾年了。」

主人：「那我介紹我老婆讓你認識好了。」

客人：「不行，這也不行。因爲性病實在太可怕，我已經好幾年不曾……。」

＊＊＊　＊＊＊

男：「我愛死你了。」

女：「哪一個死呀？如果你太太死的話，我倒是可以考慮、考慮。」

＊＊＊　＊＊＊

客人：「請給我一個玻璃相框。」

店主：「好的。要多大的呢？」

客人：「大約是十號左右的。」

店主：「是油畫，對吧！」

客人：「不，不是。是用墨寫的東西。」

店主：「你要放價值多少的東西在裡面呢？」
客人：「大概一百萬元左右吧！」
店主：「哇！眞是相當昂貴且有價值的東西呀！」
客人：「嗯！我兒子從醫學院畢業了，這是爲了放畢業證書的。」

＊＊＊　　　＊＊＊

丈夫：「聽說在高速公路發生連環車禍，共死了十一個人。」
妻子：「啊！如果是十一個人的話，這個公寓的人一個晚上就可以了。」

第三章

詛咒的殺人實驗

●你要不要也試試看呢？

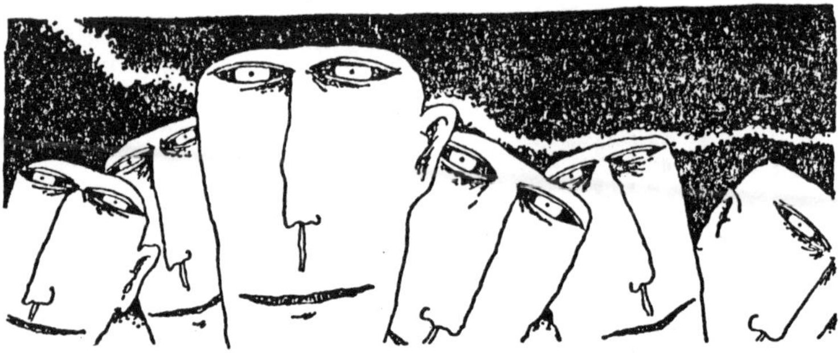

晚歸

新婚不久的二個月後，突然丈夫的母親從鄉下上來，與我們一起生活。

上來台北的第三天，母親去拜訪朋友，一直到很晚都沒有回來，丈夫一直很擔心。

「怎麼這麼晚了，媽還沒有回來。」

「對呀！」

「喂！你確定你有把回程的路線及公車的搭法，都告訴媽媽了嗎？」

「是的，當然。」

「是嘛？唉！眞急死人了。」

丈夫不安地看著手錶，太太忽然地說：

「我大概教了媽媽多餘的事了。」

「到底是什麼事呢？」

「啊！你不要那副嘴臉嘛！我只是告訴她：『台北和鄉下不一樣，要依交通號誌的紅綠燈指示，才可以過馬路喲！』」

結算

一個垂死的病人，握住了醫生的手。

「醫生：眞的很抱歉，我不想帶著遺憾或謊言死去，請接受我的懺悔。其實，我與您太太有過……請原諒我。趁我還活著的時候，我一定要向你道歉。」

醫生對病人說：

「如果是那件事，你就不要擔心，這已經結束了。我並不知道那件事，可是之前我已在你身上注射了毒。」

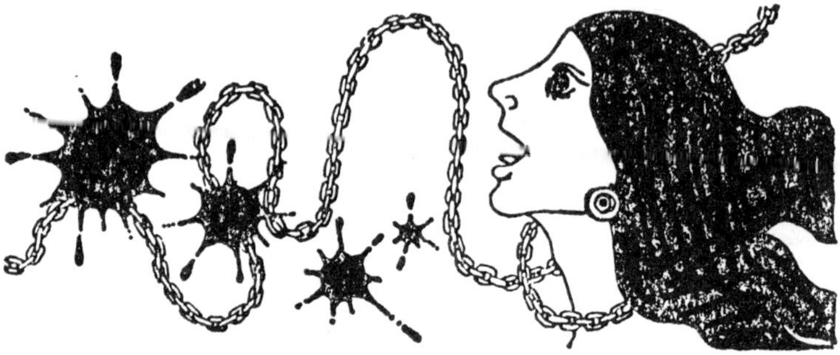

項鍊

有一個紳士在飾品店內，詢問店員：

「這條項鍊用力拉也拉不斷嗎？」

「當然囉！」

「你們公司有在幫人家送東西嗎？」

「有呀！市內都有專人送達。」

「因爲這是要送給我太太的，所以送的時候請你戴在她脖子上量量看，你可以幫我嗎？」

「知道了！」

「一定喲！」

「好的……？」

「那麼就這條十四公分的好了。我太太的脖子是十五公分。你千萬不要忘記喲！」

暴力教室

到鄉下來教書的王老師走在山間小徑時，遇到了幾個學生在打鬧的情景。

她一看覺得於心不忍。他們捉住了一隻菓子狸，又打牠又踢牠，其中還有二、三個小孩拿出刀子去刺這隻菓子狸，牠痛苦地哀嚎著。

王老師馬上跑了過去。

「各位同學，欺負動物是不可以的哦！欺負動物或是殺死動物，來世會變成動物喲！」

「眞的呀！老師，是眞的嗎？」

「當然是眞的。」

手中拿著刀子的一個少年，露出了一抹可怕的笑。

「是這樣嗎？如果把妳殺死了，是否我們來世會變成女的老師？」

少年們慢慢地接近王老師，好像要把她吃掉一樣，他們一步一步的接近……。

擔心也沒用

一進到空無一人的地下鍋爐房，就看到一個目光凶惡的男人坐在那裡。那個男的叫我坐下，把門鎖上之後，他才慢慢地開口說話了：

「你到這裡來，確定沒有告訴其他的人吧！」

「當然！」

「我希望你能了解，幹我們殺手這一行的，一定要非常有警戒心。」

「那是一定的。」

「好！那麼你再想一次。你有沒有把我給你的請帖讓任何人看過？你是否有馬上把它燒掉？今天來這裡的事，

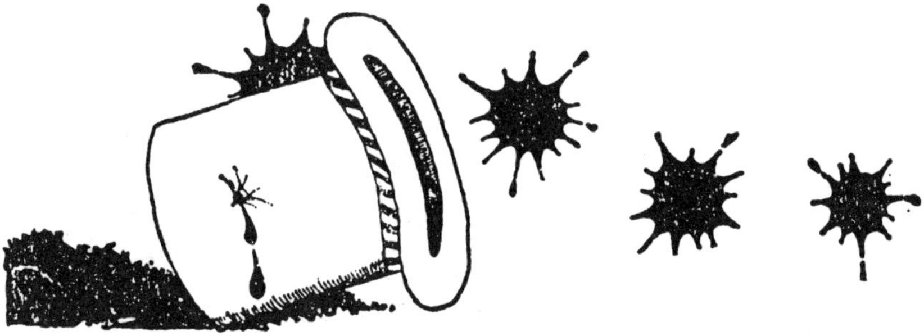

是否有告訴任何人，或是寫在日記上、信上，是否有被任何人看到？在這裡附近，有沒有被任何人看到？你確定一切都沒問題嗎？」

那個男的一面凝視著我的表情，一面問我以上的話。我一邊聽那個男的說話，一邊反覆地想。

「絕對沒有問題的。」

「是嗎？那就好了！哦！對了！你是要拜託我殺掉你太太嗎？」

「是的。至於錢的問題，你不要擔心。眞的有把握殺掉我太太嗎？」

那個男的露出了職業殺手的笑意說：

「哈！哈！哈！你不用擔心。」

「可不可以請問你是要用什麼方法呢？」

「我要用這種方法。」

那個男的拿出了手槍。
「其實我已經接受你太太的委託了。把你殺死之後，然後放進鍋爐裏燒掉，誰也不知道。這樣你懂了嗎？」
那個男的一邊說，一邊就按下了扳機……。

紅色草莓

正峰一邊品嚐著裕華給他的草莓，一邊說：
「好好吃的草莓哦！又大又新鮮……」
「好像血般的紅。這是在我家院子內採的哦！」
「哦！那是肥料放得好。」
「這都得感謝老師。」
「哦？」
「去年的春天，你打電話給我說你兒子喝了殺蟲劑，叫我趕快來，對吧！」

「對呀！那是愚人節吧！」

「哦？是嗎？我不記得了……。那老師爲什麼那時候一邊笑，一邊說請吃草莓的苗呢？」

「嗯！我好像說過……？」

「所以，我把它埋在院子的角落時，把草莓的苗也埋進去了，等到它成熟就會好像小孩子的心臟一樣。老師，要不要再來一盤呢？」

屍體

「聽說你去郊遊時，發現了屍體？」

「嗯！嚇死人了。」

「嗯！眞的吔！」

「我一踏入草叢，就發現了一個沒有頭的屍體。」

「是男的嗎？」

「不，是女的，而且是個很漂亮的美女。」

「哦！是個沒有頭的女屍嘍！」

「那當然了！」

「少蓋了。」

太遲鈍了

大門的鈴響了。張太太從門的小孔望過去，看到一個年輕的紳士站在那裡。

「誰呀！」

「我是銀行派來的人。」

張太太因爲自己偷偷存了一些私房錢。

「請你稍等一下，我馬上就幫你開門。」

那個男的一進到屋子裡，就顯得怪裏怪氣的。一看家裡都沒有人，才從公事包裡拿出一把刀子來。

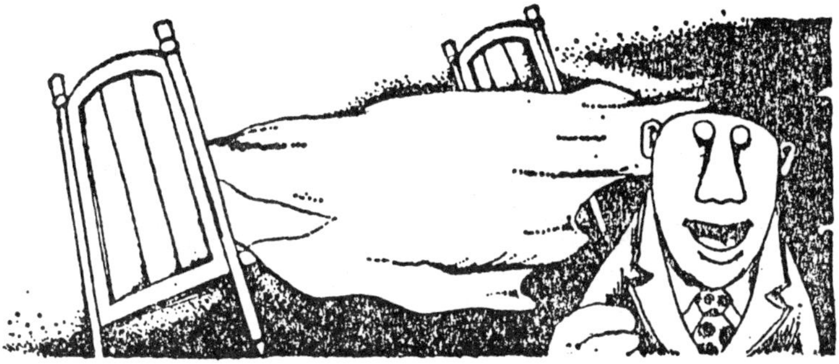

「哦！請妳不要出聲。這是一把刺人心臟的刀子。」

張太太一邊看沾滿了血的刀子，一邊說：

「啊！你說的銀行，是血液銀行嗎？」

因果循環

董事長每次出門都會有司機接送，而他每次一上車，司機就會說：

「上一代的董事長及上上一代的董事長，都很放心我開的車子。董事長，您也是由副總經理然後慢慢升成總經理，最後才升爲董事長的吧！」

董事長的表情有點僵硬的說：

「奇怪了！你到底想說什麼呢？我不是每次都有送禮給你了嗎？」

「不，我只是覺得董事長會不會去感覺到不吉祥的東

西呢？」

「笨蛋！我怎麼會知道呢？我又沒有超人的能力。」

那個司機笑笑地說：

「所以啦！我要告訴您的是，您的下面還有副總經理及總經理，對吧！您不要忘了。」

飛行員之死

強盜用槍頂著一個男人，逼他交出錢來。這時，剛好他看到那男人衣服上的一個標誌，所以他就問：

「喂！你是在航空公司做事的嗎？」

「對！我是飛行員。」

「這是一種很危險的工作吧！如果飛機掉下來的話……

……」

「也不能那樣說，通常飛五千萬公里才有死一個人的

比率。」

「你飛了多少公里了呢？」

「我已飛了一萬五千個小時，所以大概飛了有五千萬公里吧！」

此時，強盜用一種很興奮的口氣說：

「哇！這樣呀！那實在太棒了，我太高興了。」

他這麼一說，緊接著就扣上了扳機。

慢鐘

中明一回到家，他老婆就鐵青著臉跑出來說：

「喂！老公，糟糕了。客廳時鐘掉下來了，如果再早一點掉下來的話，就剛好打在媽媽的頭上了。」

中明很緊張的說：

「吔！我記得很清楚，那個時鐘從以前就老是慢了，

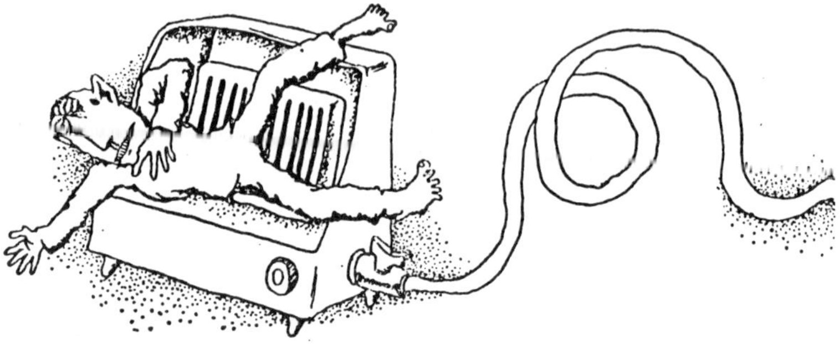

難道你沒發覺嗎？」

是有那麼一點

有一個關於電視節目的聽證會正在召開中。其中一位很像教育家的媽媽說：

「電視節目有很多是關於殺人的，這是不是太多了一點。」

於是，電視台的代表就回答說：

「可是，殺人事件本來就存在於我們這個社會中。」

這位媽媽就反擊說：

「不過，你不覺得出現的次數，實在太多了點嗎？」

「是有那麼一點。然而，不管怎麼說，在電視台真的殺人的件數卻沒有增加。」

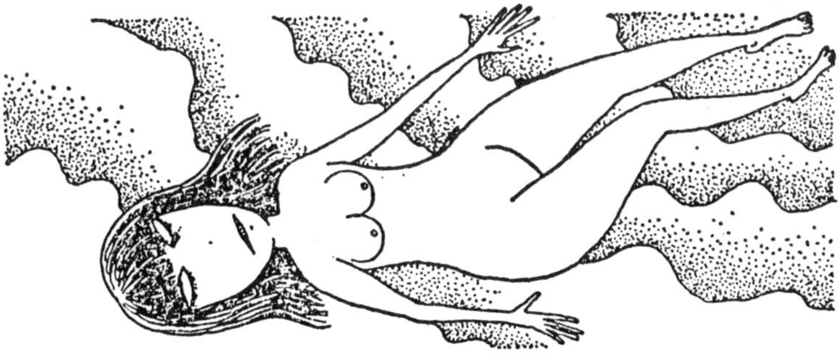

請入浴

某一個夏天，在一個旅館女服務生的公寓裡，她的好朋友（也是旅館女服務生）跑來問她。這兩個人常常會在暗中較勁。

「好熱喲！全身都是汗。」

「怎麼，要不要去沖一下涼，那樣一定很過癮。」

「對呀！怎麼都沒想到呢？你的浴室可不可以借用一下？」

她朋友很快地就衝進浴室去了，大概經過了二、三分鐘後，忽然傳來了一聲尖叫。

「喂！是妳在叫的嗎？……哦？對了！我忘了告訴妳了。我家浴室的刻度是攝氏四十度，可是它常會跑出一百度的熱水來。」

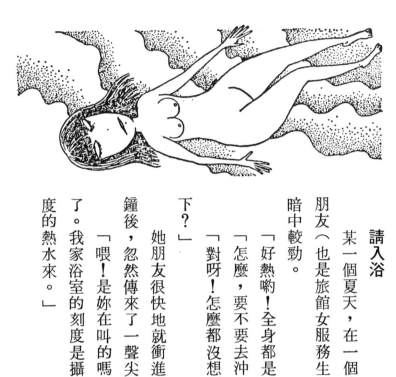

驚人的推理能力

大新受人之託去西藥房買安眠藥，可是當他第一眼看到那個賣藥的女店員時，就喜歡上她了。

所以，從那次之後，他每天都跑去那裡。可是，大新的身體本來就很健康，根本不需要任何藥，所以他每次只好還是買安眠藥。

但是，大新臉皮很薄，雖然經過了這些日子，他仍然沒有勇氣去約那個女孩子。

直到有一天，仍像平常一樣買完了藥，大新正準備離去時，那個女孩子開口說：

「很抱歉！因爲這是相當危險的藥，所以您務必要非常小心地使用。」

大新覺得好感激。同時，他覺得這次如果再不說就沒機會了，所以鼓足勇氣開口說：

第三章　詛咒的殺人實驗

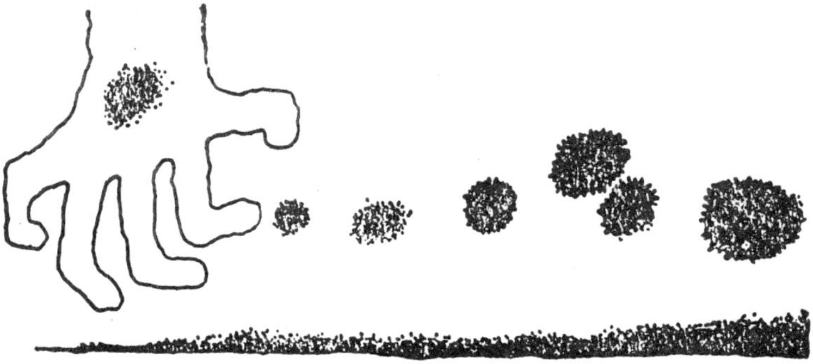

「不，不是。我不是因爲睡不着，才來買這個藥的。……我是因爲有其它的目的……。」

賣藥的那個小姐驚訝地看著大新。當他正想說：「我是爲了要來看妳，所以才來買藥」的時候，她又被其他的客人叫去了。

第二天，剛好那家藥房休息。而那之後的三天，大新又得去出差不可。

第五天，當大新再去那家藥房時，那個女孩子已經不在了。他問其他的店員才知道她已換到附近一家賣佛具的店了。

於是，大新立刻跑到賣佛具的地方去了，他看到她站在那裡。

大新害羞得假裝要買東西似地靠近了那個女的，她馬上就發覺到了。在那一刹那間，她抵著一種頗不尋常的笑

對大新說：

「啊！您這次是要買佛具嗎？那很順利嘍？是您的太太？還是您的老情人？」

冰草莓的紅色汁液

每到夏天，我一看到冰草莓就會覺得好冷。

爲什麼會這樣呢？那是因爲三年前，我失手殺死了瑪麗。其實我是很愛瑪麗的。

殺了她之後，我覺得很後悔，抱著全裸的她，可是那種感覺卻不太好……。之後，我把她的屍體放在一間便宜的公寓裏。

當我正在煩惱該如何處置瑪麗時，我想到了應該把她滅屍。

那時我剛好是在製冰廠工作，所以我就利用晚上偷偷

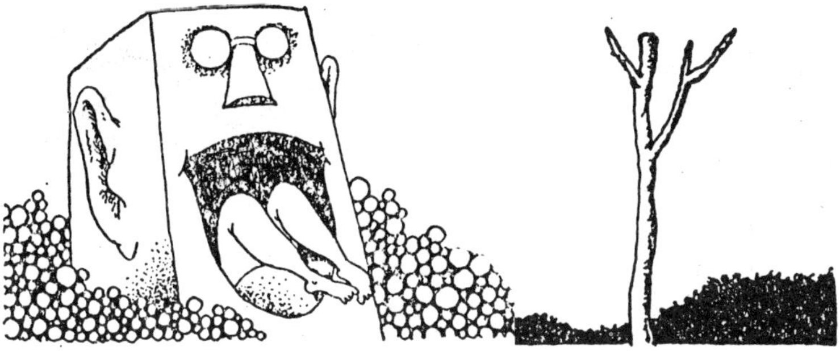

地把瑪麗的屍體移到冷凍室，然後把她用高速冷凍冰凍起來。白色的身體最後終於結成了冰。

最後，我把它切成二十公分立方的小塊，摻入冰裏。

其實我本來不會害怕的，可是最後卻出現了紅色的汁液。

所以，每次夏天一到，我一看到冰草莓，就會覺得好冷。

公園的老婆婆

夏天午後在一個公園裏，有一個老婆婆茫然地坐在公園的長椅上。

「媽！那個老婆婆從剛剛就一直坐在那裏吔！」

「對呀！大概是在打瞌睡吧！」

「不熱嗎？」

「大概會熱吧！可是，可能因為她沒有家人，所以一個人在家的話，大概也會很無聊吧！」

「那……不然，把這個冰淇淋給她吧！她看起來好可憐的樣子。」

「好呀！那你就拿去吧！」

小孩子把冰淇淋拿上前去，可是他很快地又把冰淇淋拿回來了。

「她說她不要！」

「哦！原來如此。」

唉！她根本都在睡覺嘛！連眼睛都沒有張開，所以我想她一定是不要。而且，她的手好像冰淇淋一樣地冰。

令人懷念的電話

一個狂風暴雨的夜晚，惠珠打了一通電話。

「喂！電信局嗎？要打到東區的電話已經不能打了，到底是怎麼回事呢？」

「好！請您稍待一會兒。我幫您查查看！啊！我知道了，因爲暴風雨造成T墓地附近的電線桿倒了，所以 電話被切斷了。現在修理人員已經趕到了現場，請您再等一下。」

惠珠一把聽筒放下，就聽到了電話鈴響的聲音。

「鈴、鈴、鈴……」

一拿起電話。

「啊！惠珠嗎？好令人懷念哦！」

「是誰呢？」

「妳忘了嗎？我是克明呀！去年死的。我現在在T墓地打電話給妳呀！」

布娃娃

雨一直不停地下著，站在走廊下的佩芬，他的脚都淋溼了。

佩芬站在椅子上，吊了一條繩子，準備要自殺。

「既然那個薄情郎拋棄了我，那我活在這個世界上，還有什麼意義呢？」

佩芬再一次地看了看天空，然後將準備好的白色袋子蓋在頭上。因爲，她不想讓人家看到她死後的臉。

佩芬把椅子踢開了。

同時，她也感覺到好像有一個人靠近她的樣子。向她靠近而來的是一個六歲左右的小男孩。那個小孩子用一種很不可思議的眼神看正在搖搖晃晃的佩芬。

「姐姐！妳明天要去遠足嗎？」

那個男孩子的手，被布娃娃緊緊地握著。

午夜的火警

「聽說你家發生了火災？」
「是啊！半夜忽然聽到有人在喊火災。」
「你那時大概很慌吧！」
「是呀！那時我眞是嚇呆了，平常一些常識都忘得一乾二淨了。」
「那你有帶什麼出來嗎？」
「嗯！只有帶現金及存摺而已。」
「那還不錯嘛。」
「嗯！可是……我讓老婆死在那場火災中。」

萬能瓦斯器

您好！太太。
我是本地區負責銷售××牌瓦斯器的業務代表，現在正在宣傳瓦斯公會推選出來的萬能瓦斯器。

可否請您看看這個樣本。

首先，請您這樣使用！就是像這樣！可以利用廚房的工具。火力又強，又很方便。

然後，再裝上一些配件，馬上就是一組很漂亮的瓦斯爐了。

把這個板子打開，就變成了桌上型了。

您可以和先生一起吃火鍋、一邊溫酒。

「喂！您也來喝一杯吧！」

「不！我喝了會醉。」

「好棒哦！喝醉了不是更好嗎？皮膚還會變成粉紅色的，很可愛喲！來，您過來看看。」

什麼？您說您已結婚五年，現在到了倦怠期了？如果您先生能夠死掉的話就好了！

太太。這您就對了！它就是本萬能瓦斯器的優點。把這個開關打開的話，瓦斯就會自然地洩露出來。

好的！好的！我一定會保守秘密的。

每一個人都說這個萬能瓦斯器相當的好。

那麼，請代我向您先生問好……。

應召女郎

一進到賓館房間內，應召女郎已經躺在床上了，而且用毯子蓋著頭。

「先生！因爲我現在是全裸，所以好冷。您趕快來吧！」

那位先生聽她這麼一說，馬上就把褲子一脫，跳入棉被裡頭，可是竟然那麼冰涼。

「哇！」

他叫了一聲，衝出了房間。

「喂！老兄，等一下呀！她是不是死了呢？」

於是那人就說了：

「你自己不是說要一個眞正冰冷的女人嗎？」

傭人的疑問

「喂！喂！是先生嗎？」

「是呀！什麼事呢？怎麼現在打電話到公司來呢？」

「嗯！因爲我從外面回來，看到院子的樹上掛著一件太太的名貴洋裝，就是圓點圖案的那件……」

「那又怎麼樣呢？」

「那件衣服不是都送到洗衣店去洗的嗎？」

「那這次可能是太太自己洗的吧！」

「是的。只是我覺得很奇怪，太太爲什麼會自己當衣架呢？」

槍殺

荒涼的麥田上有五根柱子。原來是K國的五個恐怖組織份子要被處決了。這五個人到目前爲止，策動了很多恐怖行動，殺死了數百名政府軍同志。

拿著槍的男子，是政府軍的志願兵。他是政府軍裏有名的神槍手，可是在這之前他從來沒有殺過人，所以他拿著槍準備執行處決時，手一直在發抖著。

他覺得殺人眞是一件恐怖的事。

所以，他只好一直想被這五個人殺死的同志的臉。沾滿了血的臉、沒有眼睛的臉、被割下來的頭等等。他構思了一幅地獄圖。

「啊！扣扳機！爲那些死去的同志們報仇吧！」

槍聲一響，第一個男的身上的白色襯衫馬上染滿了血，他很輕易地就死了。

再來，他又瞄準了第二個男人。這一次，他在心中不斷地想著他是對極權主義的嚴格統制與冷酷制裁。

「啊！扣扳機吧！爲了保衞祖國，防止K國來侵犯我們。」

槍聲一響，第二個男子的頭馬上落了地，他想起了以前在靶場射擊的回憶。

他又瞄準了第三個男的，他清楚地看到黑布條下那名男子的嘴巴在顫動著。這一次他已經不再發抖了。

「啊！扣扳機吧！爲了世界的和平。」

槍聲一響，第三個男人的頭也馬上落了地。也跟前兩個人一樣，四肢一開始還會動一下，最後漸漸沒有了力氣。

他又再度瞄準了第四個男人。雖然那個男的被蓋了一塊頭巾，可是他知道這個人是這五個人當中最年輕、眼神最清澈的一個。他記得這個年輕人曾罵自己是「政府的走狗」。那樣一個寧死不屈的靈魂，今天竟然也只有等死的份了。當他要開槍的那一刻，他心中在想：那雙澄澈得令我嫉妬的眼睛，只要我手指輕輕地一動，就要永遠地閉上了。

「啊！扣扳機吧！爲了祖國的榮譽。」

第四道槍聲又響了。眞漂亮的命中。子彈貫穿心臟，那個男的只動了一下肩膀就死了。他心中湧起了一股得意之感。

他又瞄準了第五個男人。

這次，他忽然從心底浮起了一種意念。

「啊！扣扳機吧！爲了你自己的快樂。」

他一邊浮著淡淡的笑，一邊扣動了扳機。

鏡　子

可怕的夜晚

一邊爬樓梯，光武一邊自言自語地說：

「想到了令人討厭的事了！」

時間是午夜零時過一點點。外面正下著毛毛細雨。

夜間警衛的袁先生因爲家有急事，所以光武只好來代替他的班。雖然白天他來過這棟房了已有很多次了，可是晚上來卻總覺得怪怪的。鞋子的聲音很響，手上的手電筒光線映在牆壁上。

光武小時候就常常聽祖母說：

「光武，下雨的午夜千萬不可以照鏡子喲！爲什麼呢？你照鏡子的話，鏡子後面會站著一個幽靈。」

祖母常常將這些話掛在嘴邊。

光武上樓之後，站在走廊的一個角落邊。他想起了這個走廊的西邊，有一面很大的鏡子。到底是誰把它擺在這裏的呢？即使在白天，這面鏡子也都不會令人覺得很舒服。

光武心中在想，如果現在自己站到鏡子面前，是否眞的會出現一個幽靈呢？一想到這裏，光武一面冒汗、一面走近那面鏡子，腳就是不聽使喚地一直發抖。外面的雨下得更大了，撲打在窗戶的聲音直接進入光武的心中。

因爲這層樓是在這個公司的中樞部位，所以地板有鋪上一層綠色的地毯；而地毯一直延伸到鏡前，在那裏向右轉可以通往走廊。光武閉上眼睛，決定走到鏡前去看看。

他手上拿著手電筒搖晃地走，可是他總覺得遠遠的地方好像也有一道光線在與他回應。光武閉緊了眼睛，一步一步地走向那面鏡子。

大概走了有一百步吧！光武知道他已經接近那面鏡子了。

「再幾步就到了！」

這麼一想，他稍微安心了一點。他有一股衝動，想要張開眼睛看看，最後他慢慢地睜開了眼睛。

鏡子上有光武。鏡子上大而紅的嘴巴，的確是他沒錯。當然在他的背後　也不會有幽靈了。

怪　談

第二天早上，光武把昨晚的體驗告訴了袁先生。

「袁先生，在地毯的盡頭，我張開了眼睛。你知道結果怎麼樣嗎？在我的背後有一個白色的……。」

於是，哀先生忽然捧腹大笑地說：

「哈！哈！好有趣哦！你再說……」

「……？」

「可是，那面鏡子前天才壞掉，現在應該不在那兒才對呀！」

光武立刻跑到昨天鏡子的地方，那裏除了一面白色的牆壁之外，什麼也沒有。

海藻

可以忍受死亡嗎

不可以把它想成蒸氣。在上船前喝的東西，好像因爲暈船而變成更嚴重似的。

在甲板上雖然感覺不太好，可是又沒有辦法。

媽媽從剛才就一直在擔心，所以她也一直在按摩我的背部，想要讓我舒服點。

我請她不要說話，因爲我都已經是二十五歲的成年人了，實在不希望媽媽還成天在耳邊嘮嘮叨叨的。

「這次你一定要成爲一個眞正的大人，媽媽現在只有你可以依靠了。」

很抱歉，我實在不是那種人，我不是那種能讓人依賴的人。可是，我至少會儘量讓媽媽您過得快樂一點，因爲您實在是很辛苦，這樣您高興了吧！我一定會儘量那樣做的。

可是，要快樂的話，就必須要有錢。光是當一個單純的人，難道錢就會跑上門來找你嗎！你懂嗎？

我也知道挪用公司的錢是不對的。可是公司的薪水那麼少，我實在是不夠用。媽！我想要闖出一點事業來。如果賺錢了，一定會馬上把那些錢退還回去，這樣我就可以一生不愁吃穿，又可以有個女人，而且也可以把媽媽您接來享福呀！

所以，媽媽您若是能回鄉下把向親戚借來的錢帶上來給我的話，我會很感激您的。可是，母親您自己得小心一點。

在家鄉借的錢，您不用擔心，現在我又想了一次，我會儘快地還給他們的，並鄭重地向他們道謝。啊！糟了！我胃裏的東西又在做怪了，一定是那瓶酒，好烈的酒哦！

「咚！」

突然有一個很大的聲音。我身體本能地一躍，一不留神的瞬間，就掉到了海裏面，海水馬上從鼻子流進了嘴巴裏面。

「怎麼了！這傢伙！難道想要讓我淹死嗎？才不會哩！我是看海長大的呀！」

我拚命地擺動手脚，可是卻動彈不得，因爲剛好在那附近有很多海藻。

混帳！胃裏的東西難道變成了海藻，想把我拖入海水之中嗎？混帳東西！討厭………的海藻……。

不可能那樣

我睡在海邊的帳蓬旁，這時眼睛慢慢地睜開了。一個小時以前，我還在生與死之間徘徊。頭腦裏面還殘留著被海藻拖住的恐怖情景。

船碰到了第二次世界大戰中殘留下來的浮遊魚雷，觸礁了。因爲我在甲板上，所以獲救了。船上的人幾乎都死了，我很擔心媽媽的安危，所以去問了救難人員。

那個救難人員說：「附近村子的人都已經動員去找了，可是至今爲止，並沒有發現什麼。」

隔天下午，媽媽的屍體就浮現在海邊了。溺水之後，可能因被岩石碰撞，所以身上有許多被刮傷的痕跡，樣子相當地難看。再看一眼，那恐怖的樣子幾乎讓我看不下去。已經變硬的手指，仔細一看，好像抓了一塊布似的。

那不是我的褲子下襬嗎？

我用顫抖的聲音問站在我旁邊的一位老先生說：

「請問一下，這附近是不是有很多的海藻呢？」

那位老先生本來雙手合起來在唸經，後來他慢慢地把合起來的雙手打開說：

「先生，這附近有很多岩石，可是根本沒有什麼海藻。」

八萬的幽靈

「你說什麼樣的夢……。其實，那是有關麻將的夢，對我而言，是我最討厭的夢。」

N先生擦了擦額頭的汗、一邊害羞地笑了笑。他並不是很飛黃騰達，可是卻讓人覺得人品很好的中年醫生。

醫院裏吊著蚊帳，因爲開著電風扇，所以被吹得一擺一擺的。

N先生在裏面盤腿而坐。旁邊有一台小型的電視機，因爲已經很晚了，電視節目早已經沒有了，只剩下白色的畫面映在室內。蚊帳內外很暗，所以幾乎看不見對方的臉。新任的N先生，大概以爲我是醫院的某個辦事員。

我一說「已經沒電視了喲」，N先生立刻接著說：

「對呀！我在看夜間節目，可是竟然不知不覺地睡着了。」

時間大約是深夜二點左右。
醫院非常的安靜，靜得連一點聲音也沒有。
「我走到走廊的時候，聽到這個房間有聲音，所以進來看一看……」
「啊！謝謝你！眞的好可怕喲！」
「到底是什麼夢呢？」
「嗯！是夢到……」
N先生低下頭之後，開始用顫抖的聲音說：
「其實，我從前就曾經在這家醫院工作過了。大約是十年前，在結核病大樓……」
「嗯！我知道。」
「咄！你知道？那時大約是十年前，也就是○○年左右，那時結核病大樓都住滿了人，並且相當流行肺切除的手術。」
「啊？」
「那時候因爲我還是單身，所以住在醫院裏頭。而我又很喜歡痲將，所以常常打麻將。而病人裏頭也有很多喜歡打麻將的。」

「結核病大樓的病人都很有時間。」

「嗯！根據醫院的規則，當然是不能打麻將的，可是有很多人都在裏面偷偷地打。」

「這樣呀！我很清楚那時的事嘛！那時，還有的人抽煙、喝酒……。現在我就是夢到了當時。」

「哦……？」

雖然那已是很久以前的年代，可是當時這家市立醫院的結核病大樓卻已經住了將近三百個病人。由於發現了一種新的藥，多數的人在經過一、二年的治療後，就都可以出院了。所以，結核病在那時已經不是那麼可怕的病。可是，也並不是都沒有人死亡。尤其是手術失敗的死亡率很高，縱然沒有死去，其全身的狀況也比手術前差，這種例子也蠻多的。

N先生一邊在回想以前的事、一邊繼續說下去。

在夢中，我夢到進入病房，就看到四個人圍了一桌在打麻將。這如果是現實情況，一定不可以，他們一定會趕緊用棉被將麻將包藏起來。可是夢中的四個人卻依舊故我地在打自己的牌。

夢中的我竟站在他們四個人背後，偷看他們其中一個的牌。

那時候他手中有三張🀗牌，而且還有另一張🀗牌也出來了。

太厲害了。

那時對面的男的丟出一張牌。他看到對面男的丟出來的牌，一直思考了很久，至少🀎不是安全牌。可是，這邊差一點點就會變成倍滿了。於是，我告訴他說：

「你這樣放棄那張牌的話太可惜了，因爲有三張🀗牌。他也一直在猶豫。」

「嗯……」

「你，認輸吧！」

「你絕不可以那樣。一個男子漢應該要切🀎才是對的。」

我用一種幾近命令的口脗對他說。

「是嗎？如果醫生您這麼說的話……」

他用很沒精神的聲音這樣回答，慢慢地把🀎丟下去了。

「對了！就是它。」

他一丟下去，對面的人就大聲叫了，並把牌翻開了。

在那一瞬間，那個人回過頭來對我說：

「眞是致命的一張牌。」

他的聲音並不是很清楚、有一點哽咽，臉則像紙一樣的白、眼睛虛無地看著前方，好像死人的表情，嘴巴則喃喃自語不知道在唸什麼。

仔細一看，原來那個男的是我的病人。他約在一年前，切除了右邊三分之二的肺，剩下來的左邊肺也不是很健康。他的表情好像死人一般，當時我實在很想趕緊溜掉，可是脚怎麼也不聽使喚。他的手好像樹枝般地勾住我的白色衣服，一張充滿怨恨的臉，直逼到我的眼前。

大概是這個時候吧！我被纏住，並發出恐怖的聲音。

「一定是那樣的。」

他雖然這樣地附合我，可是我卻有點失望。一聽之下，似乎也不是那麼可怕的夢。是不是再可怕的夢，一旦夢醒之後，再想想看就沒有那麼可怕了吧？……。

但是，N先生似乎也察覺到了我的想法。接著他又說了：

「你或許覺得這不是什麼可怕的夢，可是對我而言，這個夢實在是很可怕。那是有其原因的。因爲我已經做過了好多次這樣的夢。」

「爲什麼呢？」

「我想你或許不知道，在結核病大樓裡，麻將牌的名字都有其別名。不管我或是病人，幾乎有一半的人，使用那另外一個名字。」

「啊？……」

「比方說，叫做空洞，因爲它中間有一個缺洞。而肺結核病剛好在發病之初會變成乳酪狀，隨著病情慢慢地惡化，就會變成一個洞洞狀。也就是，空洞的有無就代表了病情的惡化程度。若有三個，表示大概已經不行了。」

「吔！」

「此外，則是用來稱呼兩邊的肺都動過手術的重病患著。由於肺的手術，是要將肩胛骨的下面橫切，所以兩邊的肺如果都動手術的話，那背上就會留下一個八字的痕跡。」

「哦！原來如此。」

「所以剛才的夢，有三個🀆牌、又有一個[八萬]……」

「吔？」

「有三個空洞，所以表示兩邊的肺都要動手術。他說：『就這樣結束的話，可以輸得比較少。』這表示他不想動手術。」

「哦！原來是這樣。」

「因爲那時候是肺手術的全盛時期。再加上，我剛好在寫有關切除兩邊肺部的論文。所以，老實說那時我是想將他的肺切除。若有空洞的話，那我就可以進行手術了。所謂的肺切除，雖然只是切除部分的肺，可是終究是一個大手術。如果是切除兩邊的肺，即使是相當成功的手術，也是會有許多後遺症。同時，失敗的例子其實也不少。……」

「夢中的男人後來怎麼樣了呢？」

「就如夢中所夢到的那樣，[八萬]就是致命傷。他因爲動右邊肺的手術不太順利，所以，也不太想動左邊肺的手術，即使病體沒有復原也沒有關係。可是那個主治醫生卻爲了自己的研究論文，叫他要動切除的手術。」

「結果，有沒有動手術呢？」

「有，可是三天後他就死了，背上還有一個[八萬]。他臨終時睜開眼睛看的那種眼神，至今我還記得清楚，好像他的死全是我造成的那樣。在靈堂裡，他的兩個小孩在那邊跑來跑去的情景，到現在我也都還記得。爲了那兩個小孩子，我想他大概還想再活久一點吧！」

「一定是那樣的！」

「可是，大概都是因爲我，他才會死得那麼快。如果那時我沒有一直叫他動手術，而改吃一些藥的話，他或許還可以活久一點。醫學或許是要經過不斷地嘗試錯誤才會進步的，可是我眞的討厭這樣。所以當我回到久別的醫院，在這樣的夜晚，又夢到了與[八萬]，仍然讓我覺得很討厭。」

「那個病人大概很恨你吧……」

「我實在是非常的抱歉！」

N先生難過得吐了一口氣。

N先生這麼的向我表白，或許其實他是一個心地很好的人。一般而言，醫生並不是很容易認錯的，可是那個手術的確是失敗了。也許那位醫生並不是故意的，可是那個男的死亡卻是事實，即使再怎麼悔恨也挽不回什麼了。

但是看N先生的樣子，我也實在不忍心再責備他了。其實，今天晚上我本來是要來跟他說我恨他的……還是在他看到我的臉之前離去吧！

「晚安！」

說完了這句話，我就走了。我的背上有八萬的痕跡。

一出房間，在寂靜的走廊上，我的背影逐漸地消失……。

黑色詞彙

殺人　現代人都曾在某處殺過一個人或二個人，只是他自己沒有發覺罷了。

小偷　請做吧！英國偷了德國。

强暴　藉著催眠術，在整個過程中說：「我會給你幸福的……所以……。」

近親强暴　一家人可以在一起洗澡，而性的目的轉變爲生殖的享樂時，這爲什麼不行呢？眞令人百思不解。

詐欺　靠演技來賺錢與藝人是變相近的，但太誇張的演技即使是一次也不可以的。

絞首刑　太太，爲什麼鮭魚會那麼悲傷呢？

靈車　這種靈車與水肥車在任何的玩具店，都沒有販賣。

吃人　沒有開發清淡口味的食品，同時又可以減輕國家教育費的一石二鳥計畫專案嗎？首長！

賣春　已經四十歲了喲！不再是「春」了，那也不行嗎？

車禍　生於車禍，死於車禍的孩子，這是極自然的原理，即使焦躁不安也一樣會再遇到車禍。

黑色名言

外交官只在天氣好的時候，才會產生作用。而下雨的話，只要一滴水就會溺死。／**德哥魯**

那個男人在有關建立博物學體系的地方工作，根據動物排泄物的形狀來分類。他歸納出三個種類：圓筒形類、球形類、派形類。／**利希頓貝魯格**

關於該唸什麼書好、什麼書不可以唸，制定這種法令是很愚蠢的。這主要是拜「非讀到現代文化的一半」之書所賜。／**懷魯德**

殺人有四個種類。就是凶惡的殺人、被允許的殺人、正當的殺人、應該讚賞的殺人。可是，這套分法主要是爲

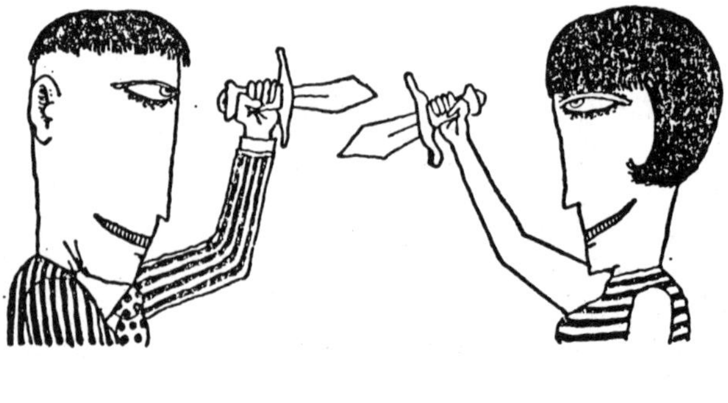

了法律專家而分的，其對被殺害的人來說並不是什麼大問題。／**比阿斯**

太早結婚是不智的。／**莎士比亞**

結婚這件事，其實就好像捉鰻魚，可是卻將手伸進裝有蛇的袋子裡。／**曼黎基柯夫斯基**

問任何一個人，要他說出哪一個是最差的政治家，其實是很難的。因爲這個問題並不是很好回答，可能還會有最壞的出來。／**克雷曼索**

第四章　恐怖夜話

●恐怖對話的贈禮

在客廳——①

女A：「您丈夫的興趣是什麼呢？」

女B：「是做一些土木方面的東西。」

女A：「哇！那很好呀！又很實用。」

女B：「也不是那樣。退休後一定會很閒！可以自己試著做一些庭院的椅子、書架、裝飾台等類的東西。」

女A：「可是，大概有一種東西也可以自己做的。」

女B：「是什麼東西呢？」

女A：「棺材。」

在客廳——②

客人：「好像有一股不太好聞的味道。」

主人：「嗯！你看！變成了垃圾的戰爭吧！」

客人：「啊！你是不是說自己那一區的垃圾自己解決的那件事。」

主人：「對呀！對呀！就是那件事。」

客人：「可是，在這一區有垃圾處理場。所以，傷腦筋的應該是隔壁那一區，不是嗎？」

主人：「可是，火葬場只有隔壁區才有啊！」

在起居室——①

妻子：「喂！你看了這篇記事了嗎？」

丈夫：「不，還沒有。」

妻子：「這篇報導，有一個妻子在家非常盡職，辛苦地教養三個小孩、侍候丈夫，可是老公卻在外面與飯店的小姐洗溫泉……這個世界爲什麼這麼不公平呢？」

丈夫：「眞是的，居然也會有那種丈夫。」

在起居室——②

妻子：「喂！親愛的。」

丈夫：「什麼事呢？」
妻子：「這個世界上，也有輸比勝更爲有趣的情形吔！」
丈夫：「嗯？是嗎？」
妻子：「嗯！我今天被誘惑征服了。」

在起居室──③

丈夫：「聽說最近一些年輕媽媽最在意的是外遇與小孩子的考試。」
妻子：「那也沒什麼不對呀！現在是考試戰爭的時代。要想進優秀的高中，就一定要先進優秀的國中及小學。」
丈夫：「因此也要進優秀的幼稚園了嘍！」
妻子：「對呀！」
丈夫：「那要上好的幼稚園，該怎麼辦才好呢？」
妻子：「要達到這個……就要靠外遇了。」

餐桌上——①

少年：「媽！吃飯前我都有洗手！我洗了肥皂，你看！好乾淨哦！」

母親：「……」

少年：「然後在位子上坐好，右手拿刀子、左手拿叉子，對吧！」

母親：「……」

少年：「然後，吃飯的時候，不可以發出聲音，對吧！是不是那樣呢？」

母親：「……」

少年：「可是，媽，我很傷腦筋吔！媽媽的身體很大，我不知道該從哪裏吃才好吔！」

餐桌上——②

客人：「好好喝的湯哦！」

主人：「這是我太太親手做的喲。」

客人：「可是沒看到尊夫人呀！」

主人：「所以我說是我太太『親手』做的料理呀。」

電話機旁——①

課長：「喂！請問田太太在家嗎？」

田太太：「是的，我就是。」

課長：「其實是有一件事要告訴您的，今天工廠發生了爆炸的意外事故……您先生不幸去世了。」

田太太：「那你怎麼沒有在下午四點以前通知我呢？」

課長：「眞的是很抱歉，因爲突發事件所以這裏很混亂……」

田太太：「那麼……我丈夫有沒有說什麼呢？」

課長：「有的。他要我向你說一句話……。今天晚上他不回家吃晚飯了。」

電話機旁——②

男：「喂！花芳嗎？」

女：「喂！建盛嗎？」
男：「嗯！」
女：「什麼？你突然打電話來做什麼？」
男：「其實，我最近變得很健忘。」
女：「眞的嗎？我也是吔！」
男：「我記得昨天有向妳求婚，可是我已經記不得妳是說好；還是說不好。」
女：「我記得我是說好。可是，我記不得那個人是不是你吔！」

在院子裡

母親：「寶寶，已經很晚了，不要再玩沙了，我們進屋子裡去吧！」
寶寶：「不要，最近爸爸不在的這幾天，妳不是晚上也都在這裡玩沙嗎？」
媽媽：「啊！這孩子難道都看到了嗎？那今晚不能再來了。」

在玄關

母親：「已經晚上十一點了哦！妳跑哪裡去了呢？」
女兒：「……我和他到公園去了。」
母親：「妳怎麼會做出這種不被允許的事呢？」
女兒：「這並不是什麼不被允許的事呀！」
母親：「為什麼呢？」
女兒：「如果媽媽您不相信的話，您可以自己到公園去看看呀！我們在公園，只是爬樹跟擲球呀！我們並沒有做什麼。」

在書房

大學生：「媽！我今天遇到了瑞輝，嚇了我一跳。」
母親：「是哪一個瑞輝呢？」
大學生：「是高中時的瑞輝呀！我們兩個那時在同一個班級，他那時和我都想進醫學院的那個瑞輝呀！」

母親：「可是那個人不是重考了幾次都考不上而自殺了嗎？」
大學生：「對呀！今天我解剖的屍體就是他呀！」

在社區

主婦A：「B太太，妳喜歡白天、還是晚上，和妳先生同床呢？」
主婦B：「那還用說，當然是白天最好了。」
主婦A：「爲什麼呢？」
主婦B：「因爲晚上的話，一定只能和老公呀！」

在一個新婚家庭——①

丈夫：「妳喜歡狗嗎？」
妻子：「我最喜歡了。」
丈夫：「那麼，我們就養一隻吧！」
妻子：「不要，看到狗死的話，我會很痛苦的……」

丈夫：「妳以前曾經養過嗎？」

妻子：「有呀！是白色的，而且我很疼牠，可是後來卻死掉了。我好難過哦！難過得無法忍受。」

丈夫：「可是妳不是忍過來了嗎？」

妻子：「其實，也就是因爲這個原因，我才會和你結婚的。」

在一個新婚家庭——②

新郎：「嚇了我一跳。想不到妳竟是一個很會花錢、愛睡懶覺、又不會做菜、不會打掃的女人。」

新娘：「其實，我自己也知道有這些缺點。」

新郎：「妳眞的有這種自覺嗎？」

新娘：「那當然了。如果我缺點少一些的話，那我就會選擇別的男人了。」

在公寓——①

男：「妳看過上吊自殺者的屍體嗎？」
女：「沒有哇！那種東西。」
男：「我曾經看過一次喲！是從山崖上往下看。」
女：「怎麼樣呢？」
男：「嗯！掛在樹上的屍體隨風吹盪，好像紙一般。」
女：「啊！那麼說來……」
男：「怎麼了？」
女：「那我剛剛從陽台向下看公園那邊。」
男：「怎樣？……」
女：「我以為是很大的紙片，那……難道說那不是七夕的紙片嗎？」

在公寓——②

太太A：「妳聽說了嗎？燒焦的魚是會致癌的。」
太太B：「可是，我怎麼煮給我婆婆吃，都沒有效呢？」

在公寓——③

女：「我老是覺得一坐在這個房間內，就好像有人在看我一樣，真是討厭。」

男：「是感覺得到那種視線嗎？」

女：「嗯！」

男：「妳的感覺沒有錯。」

女：「真是這樣呀！」

男：「嗯！老實說，在妳身後的牆壁裡埋了一個人。」

在電視機前

妻子：「看看電視的一些節目，出現的大多數是被男人騙錢的女人。」

丈夫：「嗯！女性的社會性地位果然是提升了。」

在電視上——①

記者：「聽說您兒子自殺了。」

母親：「是的。」

記者：「您想必一定很失望吧！」

母親：「不！我們是讓孩子自己想做什麼就做什麼的家庭，所以我們尊重他的決定。」

在電視上──②

記者：「今天我們要來訪問一下因溺水而意外死亡者的母親們。請問一下，您的小孩是在哪裏溺死的呢？」

母親A：「是在附近的河裡。」

記者：「那請問另外這位太太？」

母親B：「我家的小孩也是在河裡……」

記者：「這位太太，您的小孩也是在河裡嗎？」

母親C：「我家的小孩才不會死在河裡面哩！他是死在一家一流飯店的游泳池裡。」

在港都的一家酒吧——①

客人：「我知道有一個客人，只要能看銀座飯店的女郎裸體一眼，他就願意付一百萬元。」

女郎：「是嗎？」

客人：「我才不會說謊哩！」

女郎：「好呀！如果眞的是那樣的話，我就給你十萬元當介紹費。」

客人：「好呀！可是因爲他是瞎子，不曉得他看得到、還是看不到？」

在港都的一家酒吧——②

女郎：「你應該送我一件禮物喲！」

客人：「爲了慶祝什麼呢？」

女郎：「你不是當課長了嗎？」

客人：「啊！對呀。」

女郎：「你不高興嗎？」

客人：「沒有呀！」

女郎：「那你幹嘛這樣呢？」

客人：「沒有。只不過我以前是經理而已。」

在旅館——①

男：「喔！我嚇了一跳，這位太太。」

未亡人：「哈！哈！大概是吧！」

男：「我以前也有過很多次這種例子，還在火葬場等燒丈夫屍體時，那個太太就來旅館……那是第一次。」

未亡人：「很驚險吧！」

男：「嗯！」

未亡人：「啊！我該走了。」

男：「不是才過了三十分鐘嗎？」

未亡人：「那個人很會吃醋的。所以，我在想他一定燒得比別人快。」

在旅館——②

客人：「服務生，能不能幫我找個人來呢？」
服務生：「可以呀！請你打這個電話號碼。」
客人：「她是應召女郎嗎？」
服務生：「對呀！雖然她已經是別人的老婆了，可是她是一個美人胚子喲。」
客人：「你別太誇張了哦！」
服務生：「我沒有誇張喲！」
客人：「哇！這不是我家的電話號碼嗎？」

在餐廳

紳士：「你們這家店是否連喝一杯葡萄酒也要算錢？」
侍者：「是呀！本店規定喝一杯葡萄酒，也要算一瓶的錢。」
夫人：「怎麼會這樣呢？」
紳士：「妳怎麼了？」

夫人：「我只吃了一片鯨魚肉呀……」

在茶藝館──①

女：「你比較喜歡漂亮的女人，還是頭腦好的女人呢？」

男：「兩種女人都不喜歡，我只喜歡妳！」

女：「啊？」

在茶藝館──②

太太：「聽說妳愛上了一個有婦之夫。」

小姐：「是的！」

太太：「可是，妳打從心裏眞正地愛他嗎？」

小姐：「是的。」

太太：「那他怎麼樣？他愛妳比愛他老婆多嗎？」

小姐：「那當然了。他說他老婆怎麼樣也沒關係。」

太太：「是嘛？那就沒問題了。妳應該把他奪過來。」

小姐：「可是那樣對妳不好吔！」

在茶藝館——③

女A：「聽說妳丈夫對跳降落傘很有興趣。」

女B：「是呀！」

女A：「可是好可怕喲！如果再怎麼拉那條線，而那條線卻怎麼也拉不開的話……」

女B：「那時不是會有一個預備傘嗎？」

女A：「如果那個也打不開，怎麼辦呢？」

女B：「老實說，我也準備了一個丈夫。」

在咖啡屋

女：「你想要談一個怎麼樣的戀愛呢？」

男：「我不喜歡會惹麻煩的。比方說今天認識，明天就在飯店一起喝咖啡，然後道再見，這樣的方式我最喜歡。」

女：「對呀！然後，離婚協議書後天就會寄到你家了，對不對？」

在沙龍

夫人A：「這是我到非洲旅行時的事了。我老公走在草原上時，遠方忽然跑出一隻獅子來。」

夫人B：「眞的嗎？」

夫人A：「對呀！我老公一發現，立刻慌張地逃跑了。因爲那時我是坐在車子裡面，所以我把那隻獅子追我老公的情景都拍下來了。」

夫人B：「其實，我老公也發生過這種事。」

夫人A：「妳那時也是用快速相機拍的嗎？」

夫人B：「不，那時因爲我只帶普通的照相機，所以竟不知不覺地大叫：『老公，你跑慢一點』。」

在記者俱樂部

記者A：「馬上就是戰敗紀念日了。」
記者B：「嗯！所以我現在想起……」
記者A：「什麼呢？」
記者B：「天皇去訪問美國時，聽說那裡的記者問了一個問題。」
記者A：「問什麼呢？」
記者B：「問說相不相信幽靈。」
記者A：「眞的嗎？」
記者B：「也許是假的，也說不定……。聽說天皇回答說，他不相信。」
記者A：「我想也是。因爲天皇是個科學家，所以……」
記者B：「因爲他相信『爲了天皇』而死的人很多，所以……」

在湖邊

小孩：「媽，糟了！」

母親：「怎麼了？你怎麼跑得那麼喘呢？」

小孩：「溜冰場的冰裂開了，爸爸掉到冰下了。」

母親：「怎麼會這樣呢？你爸爸該不會是想偷看別人的裙下才掉入冰下！」

在醫院——①

神父：「我站在病人的枕邊時，病人臉色非常蒼白，好像快要死了的樣子。」

院長：「哦！」

神父：「我開始給他神的祝福，他才又臉色稍微好轉。你怎麼來解釋這個事實呢？」

院長：「沒有呀！有時候，有些人會踩住吸入氧氣的管子。」

在醫院——②

副院長：「爸爸，你這幾十年大概看過不少有錢的病人吧！」

院長：「你是在說田董事長嗎？」

副院長：「對呀！我把他治療得很好呀！」
院長：「太浪費了！我好不容易讓他幫你繳完了醫學院的學費呢。」

在醫院——③

太太：「我先生連您給他吃的藥都還沒吃，就死了。」
醫生：「怎麼會這樣呢？不是告訴過妳，一定要按照規定服藥嗎？」
太太：「是呀！可是我先生他根本沒有食欲……」
醫生：「然後呢？」
太太：「跟您拿的藥，都是要吃過飯後才能吃的藥，所以……」

在醫院——④

遺族：「醫生，很抱歉有件事要麻煩你。」
醫生：「是死亡診斷書嗎？」
遺族：「是的，請在這裡簽名。」

醫生：「吔！這裡不是要寫死因的嗎？」
遺族：「所以，才請你在這裡簽名呀！」

在外科大樓

患者：「醫生，這個手術大概會很痛吧！」
醫生：「不要緊的，因爲動手術之前會先麻醉！」
患者：「那手術後呢？」
醫生：「因爲是大手術，所以……」
患者：「很痛吧！」
醫生：「嗯！不過，也有人完全都不會痛的。」

在解剖室

法醫：「妳丈夫的死因，主要是因爲氣喘發作所引起的心臟痲痹。妳有沒有什麼線索呢？」

夫人：「我當時什麼也不知道。那時候太陶醉了！」

法醫：「陶醉？」

夫人：「我們在床上……」

法醫：「太太，是不是妳的毛太長了呢？因爲他喉嚨有類似毛髮的東西……」

在葬禮的席上——①

喪家：「是這輛嗎？這輛就是新型省力的靈車嗎？」

葬儀社老闆：「是的！」

喪家：「這和以前的有什麼不一樣呢？」

葬儀社老闆：「這是一邊燒香冥、一邊靠著燒出來的能源跑的靈車。」

在葬禮的席上——②

女A：「嚇我一跳，其實葬禮的方式與肉一樣嘛！」

女B：「怎麼回事呢？」

女A：「因爲有上等、好、普通三個種類。」
女B：「對喲！我老公死的時候，一定要切成肉絲。」

在火葬場

會葬者A：「喂！剛剛我們在收骨的時候，你有沒有看到外面的藍天。」
會葬者B：「你不是一邊看窗外、一邊蹲下來了嗎？」
會葬者A：「你注意到了呀？」
會葬者B：「是呀！我注意到了。」
會葬者A：「可是，眞倒霉呀！今天天氣這麼好，卻要來參加這個什麼葬禮，
而且好不容易才有這個機會。」
會葬者B：「啊！我忽然想起來了。」
會葬者A：「怎麼可以呢？怎麼可以用那個骨頭呢？那有俱樂部的標誌。」

在天國的入口

天使：「你爲什麼會來這裡呢？你生前的職業是什麼呢？」
死者A：「我是一個司機。因爲一邊打瞌睡、一邊開車，所以……」
天使：「下一個人呢？」
死者B：「我也是司機。因爲我在高速公路超車，所以……」
天使：「大家都是因爲太大意了。再下一個人呢？」
死者C：「我也是司機。」
天使：「你也是因爲車禍嗎？」
死者C：「不，我好多次都獲頒優良司機。」
天使：「那爲什麼會這樣呢？」
死者C：「因爲我載一位政府高級官員而他自殺了。」
天使：「是哪一條路呢？這應該算是附帶生命的買賣吧！」

在絞首台前

牧師：「你是不是做了殺人、放火、強盜等等的壞事吧？」

死刑犯：「是的。」

牧師：「現在請你在上帝面前懺悔一下。」

死刑犯：「好的。」

牧師：「我絕不再做這樣的事……」

死刑犯：「嗯！那當然了……」

在幼稚園——①

老師：「這次的遠足要去參觀水庫。」

母親：「好的！」

老師：「因爲那兒有一點危險，所以一定不要忘了讓妳的小孩戴上帽子，而且請在帽子上寫名字。」

母親：「爲什麼呢？」

老師：「因爲，至少帽子還會浮上水面來。」

在幼稚園——②

小孩子A：「我們要一起搭車到海邊去玩。」
小孩子B：「我們要一起搭車到山裡去玩。」
小孩子A：「在海邊挖一個大洞，將爸爸埋進去。」
小孩子B：「在森林挖一個大洞，將媽媽埋進去。」

在一家有名的小學

母親：「喂！現在有一個小孩，在學校後面的河裡溺水了。」
辦事員：「嗯！那……」
母親：「那樣子一定會死吔！若有空額的話，請務必讓我的小孩……」
辦事員：「你慢了一步了。把那個小孩子推下去的您丈夫，已經先被發現了。」

在校園

女學生A：「聽說7是幸運數字？」

女學生B：「對呀？棒球也是以7爲幸運數字。」

女學生C：「所以，我在選什麼數字時，一定都是選7。」

女學生D：「我也是喲！所以，我把小孩丟在7號銅板鐵櫃裡。」

在游泳池畔

小孩子A：「我們玩了潛水比賽哦！」

母親：「啊！」

小孩子B：「我是第二名，文廣是第三名。」

母親：「那誰是第一名呢？」

小孩子A：「志俊！」

母親：「那志俊眞是好棒哦！」

小孩子B：「對呀！因爲他到現在還沒起來呢。」

在空地上

小孩子：「我們大家都有想要的東西。」
大人：「哦……？」
小孩子：「我想要一雙溜冰鞋。」
大人：「原來如此，溜冰鞋呀？」
小孩子：「嗯！我妹妹想要一個娃娃，我母親想要一台新的烤麵包機。」
大人：「那你可以叫你爸爸買給你們呀！」
小孩了：「問題就在這裡呀！我爸爸他想要一個工作。」

在博物館

老師：「各位同學，請仔細看這個土器。在它的脖子處，有一個繩的痕跡；這個繩的記號，是繩文式土器最大的特徵。」
學生：「老師！我爸爸也有這項特徵。」
老師：「哦？是繩文式土器嗎？」

學生：「不，不是。因爲公司倒閉，所以他脖子上有繩子的痕跡。」

在事故現場

警官：「您是罹難者的母親嗎？」
母親：「是的。請問一下，他是當場馬上死掉的嗎？」
警官：「不是的。他那時還有一點點意識。」
母親：「那太好了！這個孩子最喜歡看事故的現場了。」

在百貨公司的服務台

少年：「請快一點……。我哥哥準備從屋頂跳下來。」
櫃枱小姐：「糟了！那我該打一一〇，還是一一九呢？」
少年：「不對！應該先去買底片。」

在保齡球場

女A：「7的英文是指婆婆的意思！」
女B：「婆婆？」
女A：「對呀！就是指婆婆。」
女B：「爲什麼呢？」
女A：「7是寫在左邊的吧！」
女B：「嗯！」
女A：「常常會欺負人，而且永遠不會倒。」
女B：「我懂了！」

在婚姻介紹所

職員：「小姐，抱歉！請妳塡上正確的出生年月。」
小姐：「好的。二十六歲八十一個月……。」

在公園

男：「我是眞的愛妳呀！只要妳答應，我們就可以結婚了。那……我們去旅館吧！」

女：「不要。你不要把我當做是那種女人……」

男：「我當然知道。你是一個正經的女人。」

女：「而且……我每次做完那件事後，都會頭痛。」

在街角

算命的：「要不要算命呢？」

女：「不要。去年我算命的結果，只有一半準。」

算命的：「能準一半，不是就很好嗎？」

女：「可是算命的說小孩子會帶給我好運，可是我根本沒有小孩。」

在展覽會上

男A：「哇！眞是太棒了。這個碗，眞的是你自己燒的嗎？」
男B：「是的。」
男A：「眞是太棒了。」
男B：「沒什麼！我只是在家裡隨便做一做而已。」
男A：「不，眞的是太棒了。請問一下，你的生意呢？是在哪裡做的呢？」
男B：「我家世代是在經營葬儀社。所以……」

在公車上

男A：「我老婆一直想在今年搬入一個社區裡，她叫我一定要想想辦法。」
男B：「你想出辦法了嗎？」
男A：「可是，這樣就看不到未亡人了。」

在垃圾處理聽證會上

市民A：「把它做成耐久材嘛！這樣一來就沒有問題了。」

市民B：「對呀！就是那樣，我也是經常這樣做。」

市民A：「哦？」

市民B：「垃圾與女人是一樣的。」

在路上

主婦A：「妳聽說了嗎？聽說，今天早上的桶子裡有一隻人的手。」

主婦B：「吔？奇怪了！今天又不是燒生垃圾的日子。」

在警察局

女：「上個星期日，一個認識的人給我們山芋。」

警官：「哦？」

女：「我本來想做山芋汁，可是沒有工具。」

警官：「哦？」

女：「所以，我把睡午覺的老公叫起來，叫他去百貨公司買。」

警官：「哦？」

女：「可是那之後，卻一直沒有回來。不曉得爲什麼……」

警官：「爲什麼？……把他切片，也很好吃呀！」

在山中小屋——①

小屋的主人：「先生，今晚請你吃滑雪燒。」

滑雪的人：「滑雪燒。」

小屋的主人：「嗯！這個地方常常會有滑雪掉下來喲！然後把肉烤了之後，就是滑雪燒了。」

滑雪的人：「肉的來源怎麼辨呢？」

小屋的主人：「嗯！當然也是一起掉下來呀！」

在山中小屋——②

登山者A：「今天早上，老張和小王出發去參加一個聚會，可是到現在還沒有回來。」

登山者B：「對呀！」

登山者A：「一谷附近天氣好像變了。……」

登山者B：「是的。」

登山者A：「喂！你怎麼現在還那麼悠哉的樣子。」

登山者B：「是的。」

登山者A：「不要老是回答一樣的話嘛！你倒是說說看你的想法呀！」

登山者B：「所以，我不是從剛才就一直說他們已經遇難了嗎？（註：日本人的『遇難』與『是的』發音相同）」

在山中小屋——③

女侍：「您回來了呀！好晚哦！」

獵人：「田先生回來了嗎？」
女侍：「是的，他已經回來了。剛剛才回來的。」
獵人：「喬先生呢？」
女侍：「他也在呀！」
獵人：「高先生呢？」
女侍：「他還沒回來吔！」
獵人：「是嘛？果然不是熊……」

在美國的某個地方

備役將領：「在日本投下原子彈，是個相當大的作戰計畫。」
記者：「爲什麼呢？」
備役將領：「因爲日本人變得很怕核子。」
記者：「眞可憐！現在只要聽到核子，有半數以上的日本人都會覺得很害怕。」

備役將領：「還好是這樣。這樣一來，二十一世紀核子大概還是會由美國來操縱。」

在電腦展

使用者：「這部電腦即使出現錯誤的數字，也無法找出它究竟錯在哪裏？」

廠商：「對呀！所以，這部電腦是公家用的。」

※　　※　　※

學　校

「聽說暑假將舉辦夏令營，領隊是馬沙基老師，所以好棒哦！」

「喂！那個人道德科成績，每次都是5分嗎？將來不知是否可以活得下去。」

第五章　笑話歪談

●兩部異色與恐怖的電影

豪放女

周雄從床上起來之後，就陷入了沈思之中。旁邊剛認識的女人正在抽煙。

所謂「賺」，眞的是「賺」吔！因爲他確實掌握了女人……。

一個小時之前，這個女人在街上晃盪。

他輕聲地問她說：「妳在做什麼？」可是，那個女的並沒有回答。接著，他又試著說：「怎樣？要不要一起去喝杯咖啡。」他正想準備離去時，那個女人竟答應了。進到咖啡店之後，那個女的幾乎都沒有說話。

「妳好像是不太愛說話那型的。」

「是嗎？」

那個女的一句話也不說，獨自地抽著煙。她有著長長的頭髮、雪白的皮膚，大概還不到二十歲的樣子。他邀她到賓館時，她也是一副無神般地跟著進去。

那個女的一進賓館，就把衣服脫下來，躺在床上。在做完了那件事之後，那個女的似乎也沒什麼反應，只是眼睛一直看著天花板。周雄沒辦法，只好自己穿上了衣服。

「喂！妳叫什麼名字呢？」

「……」

「我叫周雄。」

「我叫海棠。」

「是秋海棠的海棠嗎？」

她也沒有回答。他愈來愈覺得自己像個傻子似的。女的不只不喜歡說話而已，在她旁邊都有股鬱鬱的感覺。他又再一次地，對床上的女人開口說話了。

「妳每次都是這麼怪里怪氣的嗎？」

「……」

「好不容易今天是個週末，妳應該快樂一點才是呀！」

她忽然看了一下他的臉，然後問他說：

「快樂？」

「對呀！妳應該拿出精神來呀！」

他在心中這樣喃喃自語。

「好吧！反正我們也做完了那件事。」

他開始穿衣服了。

「那我先回去了。」

當他想離開床的時候：

「哈！哈！哈！」

突然，那個女的笑了。

「怎麼了？眞奇怪！」

「我得了……」

「什麼？」

他開門離去時，那個女的輕聲地說：

「醫生說我得了愛滋病。」

母親的擔心

花心女孩的蜜月旅行

母親苦口婆心地對將去蜜月旅行的馬麗說：

「妳是一個花心的女孩，今後一定要收斂一點。這是妳一輩子的事，妳一定要小心注意。」

「媽！那已經不合潮流了啦！我覺得那根本是男人自私的心理作祟，而且我想正雄大概也不會那麼想。」

「所以，我才說妳笨吧！男人在一開始的時候，都說他什麼都了解；可是一年之後，他就會發出一些牢騷。然後，以此爲藉口，到外面去找別的女人。其實，妳既然找到了一個不錯的男人，就應該好好地維繫這段婚姻。」

「總而言之，要我騙他就是了？」

「爲了妳自己的幸福著想，妳應該把以前的事都忘掉，用一種新的心情來經營妳的婚姻。」

「我是不是要叫『好痛喲！』。」

母親好像洩了氣般地看著自己的女兒說：

「那種事不用說也知道。妳只要裝成一副很害羞的樣子，就可以了。」

「不用擔心啦！媽！我是很會演戲的。」

「我是在跟妳說眞的，妳一定要好好做喲！」

「好啦！我知道了。」

馬麗一下子就忘記母親的話，然後跟丈夫去蜜月旅行了。

經過了五天之後，馬麗度完蜜月旅行回來了。

「媽！萬歲！成功了！」

「到底是怎麼回事？瞧妳跟小孩子一樣似的。」

「媽！好高興喲！」

馬麗高興地說：

「啊！成功了。我假裝很痛的樣子，他好像很相信的樣子，而且還說：『妳守了這麼多年……眞難得……』。」

馬麗非常得意地這麼說。

「哦？是嗎？難道正雄一點也沒有懷疑嗎？」

「當然囉！會痛當然就表示貞潔。」

「哦！這樣呀！」

馬麗看媽媽好像有點不滿的樣子。

「怎麼了？媽！妳不高興嗎？我成功地騙過了他……」

母親沈思了一會兒說：

「我當然是很高興。妳爸爸那時也是那樣，可是他馬上說被騙的男人是不會飛黃騰達的。」

暖爐

「哇！好舒服喲！」

我一邊燒著暖爐，一邊在看電視的午夜劇場。

新婚的第一年，我們住在一間九坪大的五樓公寓。我想要一個小的暖爐，所以白天我就跑去後面街的一個電氣行，買了一個電氣暖爐來。那個暖爐一插上電，就會非常地暖和。

我老公這幾天去出差，一個人看夜間電視，不知不覺就睡着了。

……………

剛開始好像覺得有人把棉被掀開了……。

「是不是老公回來了呢？」

我在想，如果是老公的話，他進門的聲音應該會更大，不是嗎？而且，今天早上他不是沒有帶鑰匙出去嗎？

「那麼我是在做夢囉！」

我一邊這麼想，他一邊就已進了棉被裡了。

然後，他開始脫我的褲子。我稍微一動，他就會停下來、休息一下，然後再開始動；感覺他好像有一點點害怕的樣子………。我爲了要讓他好脫一點，把腰稍微地抬了一下，然後褲子一下子就溜到了大腿。

可是，這些都是夢中的事。我在想，這樣也蠻刺激的……。

我感覺好像有人趴下，從後面看我的臀部，而且他的視線相當地熾熱。

「好丟臉哦！眞不好意思……」

他從後面這樣看過來，好像野獸似的。

然後，他用脚撫弄我的臀部，這點也好像不是人做的動作。難不成，他是四隻脚的野獸。可是，我忽然匆忙地想要逃掉。但已經太遲了，那個野獸用前脚緊緊地按住我，讓我想要逃也逃不掉。

「不，不要。」

他慢慢地爬到我的背上，緊緊地抱住了我。

我忽然發覺了。

午夜劇場有一部影片，是在講有關古羅馬的故事。畫面上有很多宮廷的壁畫，那些壁畫中有一個很像怪獸的東西，從後面要侵襲一個裸女的姿態。

「被那種可怕的東西侵犯的話，不知會是什麼樣的感覺？」

我呆呆地在想那些事，那幅畫上面的東西深深地留在我的心中。

「是不是野獸跑到我房間來了呢？」

野獸不是人，所以被牠侵犯

的話，大概也無法抵抗。

可是，這隻野獸好像對那種事不怎麼在行，看來好像是個生手……。

眞笨！不是那裏啦！

我實在是無法忍受了，所以把臀部抬高了一點。

野獸好像在等待什麼似的。可是，突然一下子粗暴地動了一下。

「啊！成功了……」

牠終於成功了。可是，我很想知道牠是哪一種野獸。

「啊！」

我眞的嚇了一跳。

我仔細一看，竟是四隻腳的電氣暖爐……。棉被外露出了半身，好像野獸般地纏在一起。

堅硬的前脚彎曲地撫摸我的胸前，另一隻脚則在其他部位搜索。

我嚇死了，全身好像都有電一般。

現在，已經離不開了。

「好棒哦……」

沒有想到牠竟大聲地叫出了這三個字。

我抬頭看牠一眼，竟然看到了一個慘白少年的臉。嗯！眞的，我眞的看到了。

後來，我把暖爐拿去還給那家店的老板：

「是不是發生了什麼奇怪的事？其實，那個舊的暖爐以前是一個要參加考試學生的，後來自殺死掉……。」

老板告訴了我這些話。

N氏喜歡的類型

書迷打來的電話

有一大晚上，新進畫家N氏的個展會場電話響了。N氏一拿起聽筒，是一個女人的聲音。

「喂！是N先生嗎？」

「是的！我就是N……」

「眞的很抱歉，突然打電話給您。我對您的畫一向很有興趣，今天我也看了您的畫了。我好緊張喲！」

對N氏來說，接到這種電話還是頭一遭，所以雖然這些話有一點噁心，可是他卻覺得蠻高興的。

「哦！這眞是我的榮幸。」

「眞的是很抱歉，有一件事要請求您。如果您有時間的話，我想跟您見見面，我有好多話要告訴您………」

「今天晚上嗎？」

「是的，如果可以的話。不過，希望不會太痲煩您了。」

「要見面的話，倒是可以……」

N氏一邊這樣說、一邊看了一下手錶，時針指在九點不到的地方。他在想著明天早上還要交出的一篇稿子。

N氏正在猶豫的時候，那個女的開口說話了。

「喂！您在聽電話嗎？在您這麼忙的時候，眞的是非常地抱歉。可是，我眞的有話想對您說。而且……我自己說這樣的話，的確有一點奇怪……可是，我有自信我是您喜歡的那類型的……」

那個女的聲音，有點害羞地這麼說。

N氏嚇了一跳，可是他也一邊在考慮著。最近常在雜誌上，看到一些很開放的花花女郎，難不成她也是這種的。不管怎樣，見面應該不會有什麼損失吧！稿子到時候再說吧！

「好吧！那我們就今晚見面吧！」

「哇！好高興哦！我眞的好高興哦。」

電話那頭又傳來了聲音。

「那麼，我們要在哪裏見面呢？還是要在您辦公室那附近……」

「這樣好了，妳就在我辦公室前面的公共電話亭裡，等我好了。我會馬上趕過去。」

好像模特兒的女人

N一切斷電話，就開始動手整理辦公室。然後，對著鏡子梳了梳頭髮、重新又打了一下領帶。他再度端詳了全身一次。

「我喜歡的類型嗎？到底是一個什麼樣的人呢？聽她說得那麼有自信的樣子。會不會是像林青霞……或是像梅艷芳的女孩呢？反正，一定是個不差的女孩吧！」

N出門的時候，外面正下著雨。他們約定的電話亭，因爲是在兩棟大樓之間，所以很暗。

N把領子立了起來，一邊抽著煙、一邊等那個女的。

黑暗中，有個女孩撐了一支紅色的雨傘走了過來，鞋子的聲音咯咯地響著。

「不好意思！讓您久等了。」

這是剛才電話中的聲音沒錯。

「您被雨淋溼了，趕快到傘裡面來。」

女的靠近雨傘，擡起了頭來。

在黑暗中擡起來的頭……一看，她幾乎沒有鼻子、嘴巴有點歪。她的臉一動，就感覺好像在笑一樣。

「哈！我和你的抽象畫很像吧！我在想您一定會喜歡我這一類型的。」

N的確好像看到了自己描繪的世界。

那個女的拉住N的手，N一看她的手指只有三隻。沒錯，最近N畫的女人都是這樣。

犀牛——鐵灰色的畫

少女第一次看到犀牛，是爸爸帶她去動物園時。犀牛的眼睛很溫柔，可是牠銳利的角卻令少女印象深刻。她在想，如果被這角侵襲的話，一定很可怕吧！少女只想極力記住犀牛溫和的眼神，可是卻怎麼也無法忘掉犀牛那銳利的角。

那天晚上，少女夢到了犀牛。夢中犀牛的眼神還是一樣溫和，可是那對角卻好像比原來的更銳利。

少女第二天及第三天晚上，又再度夢到了犀牛。夢中的犀牛，好像用角刺了人

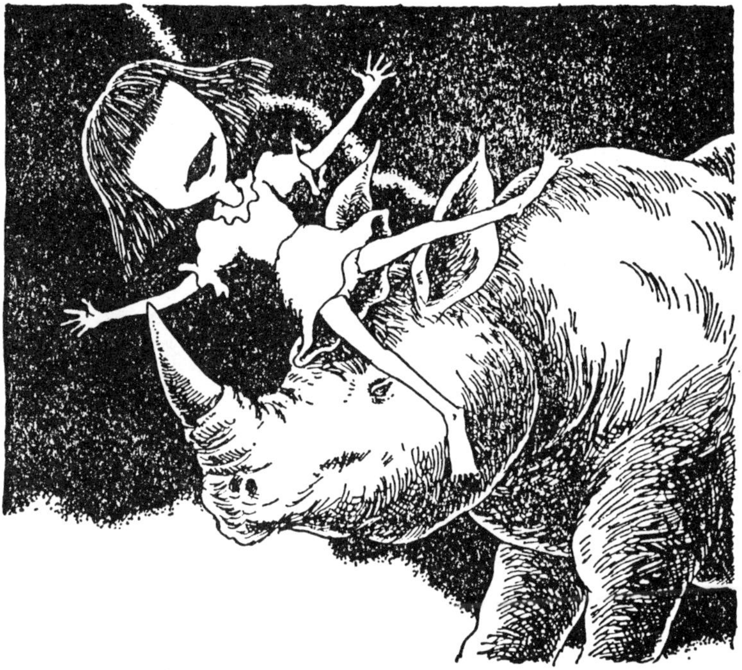

角上沾了很多的血。少女醒來之後，這個夢一直鮮明地在她的記憶裡。

直到有一次，她夢到犀牛攻擊她了。她雖然一直逃，可是犀牛還是追了上來。少女最後被犀牛刺了一下腹部，少女痛苦地看著犀牛的臉，可是犀牛卻用溫和的眼神對少女笑。少女也對牠回了笑，因爲她知道她一點也不恨犀牛。第二天早上醒來，少女下腹部的痛感仍然存在。少女把衣服脫下來看看，內褲竟沾有一點點紅色的痕跡。

犀牛接下來的幾天，也都出現在少女的夢中。倒也不是痛苦消失了，可是少女總感覺並不像以前那麼的痛苦，她反而覺得有點高興。

有一天早上，少女把犀牛的夢告訴了母親。

母親嚇得差點連筷子都掉了，什麼也沒說。接著，沈默的空氣讓人有點快要窒息的感覺。

那天晚上，期待中的犀牛並沒有來。

下一個晚上，犀牛也沒有出現。犀牛大概是忘掉少女的事了吧！

經過了幾個月之後，少女幾乎都要把犀牛忘掉了。這時，剛好少女的媽媽不在家。到了晚上，少女睡覺的時候，犀牛又出現了。

少女非常的高興。犀牛銳利的角再度刺向少女，角上全沾滿了血。

全部結束了的時候，犀牛把角拔下來，並用一種溫柔的眼神笑了笑。少女回笑時，犀牛的臉卻忽然變成了爸爸的臉。

少女沒有把犀牛的事再告訴媽媽。

犀牛今天大概又會出現在少女的夢中吧！

象

象在動物園裡，只露出了長鼻子及臉來。

他與她看到了象。她從來沒有看過大象，甚至連聽也沒聽過。

他一丟香蕉，大象立刻用鼻子把香蕉接了去。她一邊看著、一邊說：

「哇！牠竟然可以用尾巴把香蕉接得那麼好……」

他正想解釋的時候，已經太遲了。她正在大聲地說：

「不要！不要！我不知道！牠怎麼會把香蕉放進那裏呢？」

償還

這裡是派出所。在接到了製藥公司倉庫管理人員的報案後，立刻趕到了現場，一看小偷竟然是友利。

「是友利嗎？我記得你不是因爲列車事件，還在假釋當中嗎？你怎麼又會幹了這樣的事呢？」

友利邊流淚邊說：

「我因爲邊打瞌睡邊開車，所以，導致二十四人的死亡。至少，我現在想做一點補償……」

「你打算怎麼補償呢？」

「在二打橡膠製品上，都用針打個洞。」

女同性戀

「和雯美做過了那件事之後，我已經對男人一點興趣都沒有了。」

「眞的嗎？」

「我很了解女人憎恨的心理，所以扮演男的角色相當過癮。」

「眞的那麼厲害嗎？」

「可是，並不是眞的扮演得那麼好，因爲有三個人已懷孕了。」

同床異夢

老大說了：

「我夢到我把老婆放在家裡，大約有二、三天。」

老二說了：

「我夢到我走在街上，有一個很漂亮的女孩叫我。」

一聽到他們這麼說，老三拍手叫道：

「我夢到了我在找溫泉的一個夢。」

老四插嘴說：

「你爲什麼夢到了自己被高單位的青黴素打到的夢呢？」

說：

還早

美玉說服了花花公子光裕來到了深山的湖中。

兩人划船划到了湖中，美玉用很熱切的眼神看著光裕說：

「光裕，這裡連一個人影都沒有。」

「眞的吔！」

「在這裡做什麼，大概誰都不知道吧！」

「大概是吧！」

「我已經覺悟了。」

可是，光裕用一種很沒精神的口氣說：

「我只是還不忍心殺妳而已。」

完事之後

在旅館內，一個男人問：

「妳家的管教很嚴格吧！如果妳懷孕了，怎麼辦？」
「那我會去自殺。」
男的笑笑地說：
「是嗎？那太好了！那我們再來一次吧！」

言之有理

有一個男子，向拘留所的所長提出了見面的申請。
「你有什麼事嗎？」
「所長，請你把我關起來吧！」
「你是不是做了什麼壞事？」
「我最難忘懷的是我母親做的菜。」
「爲什麼？」
「我希望先受罰，然後再去殺那個女的，這樣會比較過癮。」

道歉的記號

有一個五十多歲的男子與一名年輕的女子，正在進行一段對話。

「好吧！那個店的權利也給妳好了。其它，我再給妳三十萬元。這樣妳知道了吧！」

「抱歉！老闆。我想要一輩子都跟著你，如果我在外面有了其他男人的話……」

「若有的話，妳要怎麼樣呢？」

「我會把手指切下來給你看。」

「嗯！這是古老的手法嘛！我們就這麼約定了。」

就這樣，這個女的當上了這家店的女老闆，同時也是原來店主的情婦。

這大概是一年左右的事情。不知從什麼時候開始，女老闆漸漸地與一個年輕的學生陷入了熱戀中。

「美津！聽說，妳最近與一個年輕的學生，發生了不正常的關係。」

女的臉撇過一旁，輕輕地說：

「對呀！還是年輕的比較好。」

「是嗎？」

「是呀！」

店主聽了女的說話：

「好吧！那妳是否覺悟到要向我道歉？」

「……？」

「妳曾經說過，如果妳愛上了別的男人，妳要把手指切下來。」

「對呀！一根一根的切，太痲煩了，乾脆整個切下來好了！」

「好呀！妳就切吧！」

男的看著她，她輕輕地笑著說：

「好呀！就在這裡切下來吧！」

娼婦純情物語

有一家店的老闆娘在叫：

「美枝，美枝在哪裏呢？」

「大概還在醫院吧！」

「她到底是怎麼回事呢？」

「她沒有怎麼樣呀！只是坐在牙科醫生的診療室裡痛哭而已呀！」

「…………」

「聽說是想起了她最初的男人。『把嘴巴張大一點，不會痛喲！』」

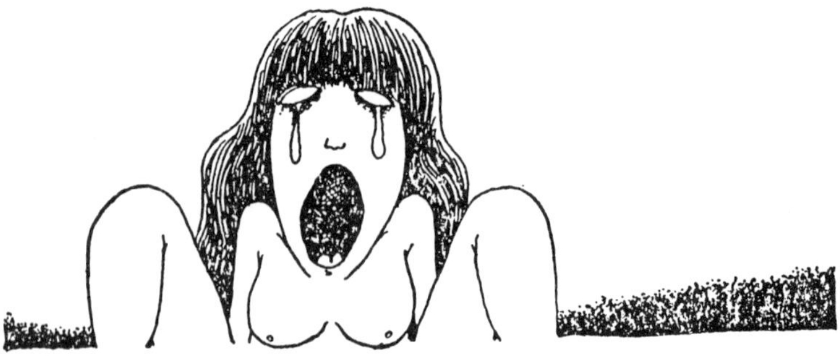

跟屁蟲

花花公子秀雄接受了切斷食指的手術。

被切下來的手指，竟掉到了地上的一個小洞穴裡。

護士們想盡各種辦法要拿出來，可是怎麼拿也拿不出來。

反正擔心也沒用。其中的一個護士，拿出一條內褲，秀雄的手指就從洞裏飛了出來。

喪中

剛從葬禮回來的老婆，還在脫衣服，她老公就靠近來說：

「喂！妳今晚好有女人味哦！」

他一邊這樣說，一邊手就亂摸起來了。

他老婆皺起了眉頭說：

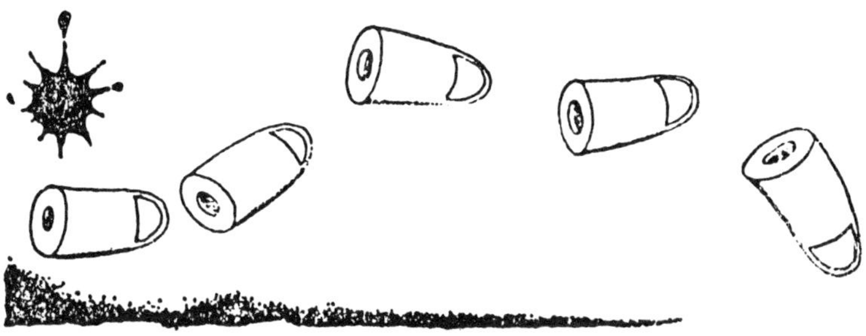

「你不要這樣啦！我哥哥死了，我實在是沒有那種心情。」

可是，她丈夫好像很得意地說：

「我早就知道妳會這麼說，所以我早就預先買好了喪中用的黑色保險套。」

倒楣

客機掉到了海裡面，乘客的遺體幾乎都找不到。事故現場附近的地下室內，放著一些年輕男女的屍體。

在一個無人的午夜，女的屍體說了：

「喂！隔壁的人，明天我們就要被燒掉了。至少，趁著我們身體還在時要不要再來一次呢？……怎麼樣？」

隔壁的男的一聽到這樣，立刻拚命地要爬到那個女的身上。

「快一點嘛！」

「爲什麼？我不是正在……」

「可是一點也沒有感覺嘛！」

男的差點兒跳起來，他說：

「我知道了！這不是妳的下半身！」

這是那時在太平洋被魚啃掉的另外一個女的下半身。

新鮮的性

明華說：

「你是不是都在下面？」

年堯害羞地說：

「嗯！」

「那樣不是太無聊了嗎？閨房之事，應該常換各種姿勢，才會維持新鮮感。」

新鮮。」

可是，年堯笑笑地說：

「這點倒不是很重要。姿勢一樣，但人不一樣的話更

太小了

在新婚蜜月的新人房裡，新娘一看到新郎腰以下的部分時，就把眼睛閉了起來。於是，新郎告訴新娘說：

「妳不要害羞嘛！這是男性的記號呀！」

聽新郎這麼一說，新娘嘆了口氣說：

「嗯！可是……媒人告訴我說，看到缺點的話，就把眼睛閉起來就好了……」

性的問題

小孩子對性的問題，到底具備了多少知識，爸爸試著

問：

「小孩子爲什麼會出生呢？」

最小的一個女兒搶先回答說：

「是送子鳥送來的！」

第二個兒子說：

「是爸爸媽媽晚上做出來的。」

最大的女兒好像很沒趣地說：

「因爲時間沒有算好……。」

有備而來

蜜月旅行時，新郎正要上床時，先吃了一顆藥。新娘看了嚇一跳說：

「是強精劑嗎？」

「不是的。」

「啊！我知道了。是新型的男性避孕藥。」

「不是的。」

「那……是什麼東西呢？」

「嗯！因爲我怕我會暈車，所以……」

新婚家庭的小事

「我回來了！」

「啊！你回來了呀！」

「我出差這段時間，有沒有什麼事？」

「嗯……沒什麼事。」

「那就好了！我每天晚上，都夢到我擁抱著妳入睡。」

「太好了！果然是你沒錯！」

「爲什麼呢？」

「每天晚上，跑到我床上的是你沒錯吧！」

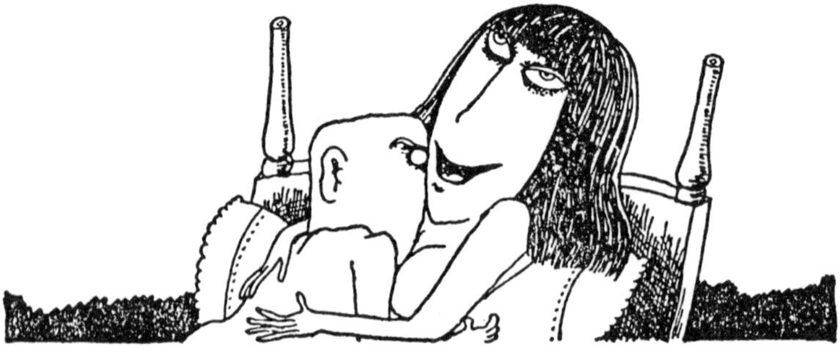

無法接受的事情

賓館的床上，搖曳著桃色的燈光。

男的大約四十出頭，他躺在床上等著正在淋浴的女郎。這個男的是在一個酒吧與那個女的認識的，所以今晚是他們的第一個夜晚。

浴室的門一打開，出現了用浴巾包裹身體的女郎。她的兩隻脚露在外面，身材非常的好！

男的迫不及待地叫那個女的上床。他們儘情享受了一段快樂的時光。

最後，那個女的說：

「如果懷孕就糟了。」

可是，那個男的說：

「妳不要擔心。我已經做了結紮！」

「那這麼說，你都不能生孩子囉？」

「對呀！」

聽他這麼一說，那個女的整個臉都沈了下來。

◉男人給女人的！諷刺笑話

妳眞漂亮哦！可不可以當我的模特兒，因爲我想要做一副面具。

發生車禍，也不能死喲！因爲那種身材還不夠資格在大家面前展示。

見血就怕，這點眞是令人無法相信。因爲她若看到自己的血，一定會說：「好棒喲！」

◉女人給男人的！諷刺笑話

如把繩子綁在脖子上，一定很適合。

那不是你老婆吧！在未亡人的聚會上，看到的那個人……。

你喜歡漂亮的人，其實都是假的！因爲我一看到你老婆，就知道你是在說謊了。

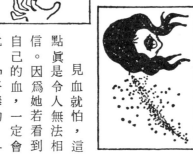

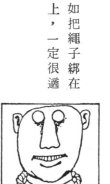

第六章

哀怨劇場

●聰笑這個邪惡世界的智慧

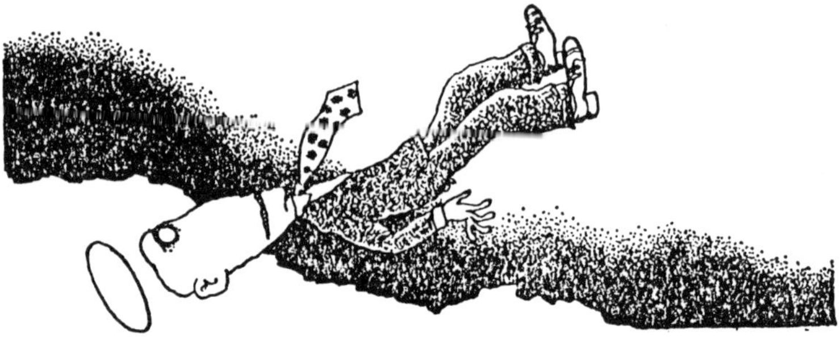

判斷姓名

「我去算過我們的名字了哦！算命的說，我們不適合在一起，在一起會有惡運降臨。」

男的很生氣地說：

「妳別說傻話了，妳是不是有了其他的男人？所以，妳才說謊來騙我，對吧！」

「我沒有騙你，是眞的。算命眞的是很靈驗，我們不能不相信呀！」

「妳怎麼都勸不聽呢？」

兩個人愈吵愈激烈，忽然那個男的打了那個女的一巴掌。那個女的也不甘示弱地把花瓶丟向那個男的，結果眞的打中了。那個男的應聲倒在地上。

女的開口說：

「算命的果然是很靈驗，剛剛我只是沒有全部說出來

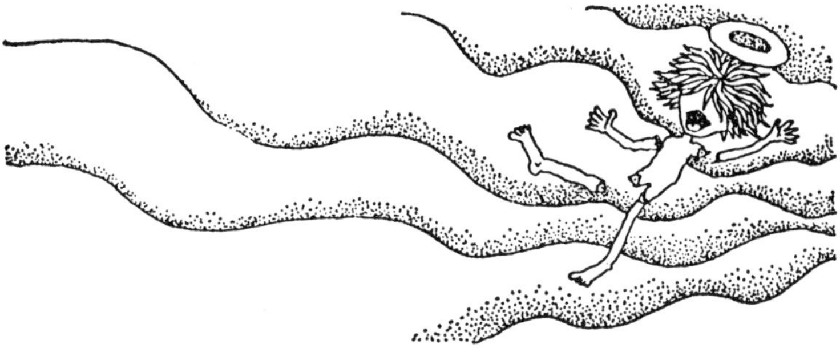

而已。算命的說，你會很短命，還好我們沒有結婚……」

母親的日記

惠珍在整理東西的時候，發現了櫃子裡母親的日記。她仔細一看，上面寫著：

「民國六十年一月十日　『一分錢一分貨』這句話眞的是沒錯。老公買了保險套，可是這些保險套比市價便宜了大約一半以上。一用才知道，原來它很容易破……」

惠珍擡起頭來一想。她十九歲，出生於民國六十年十一月十日。

差很遠

交通大隊隊長說：

「外國有句諺語說：『靜靜的去，可以安全的去；安

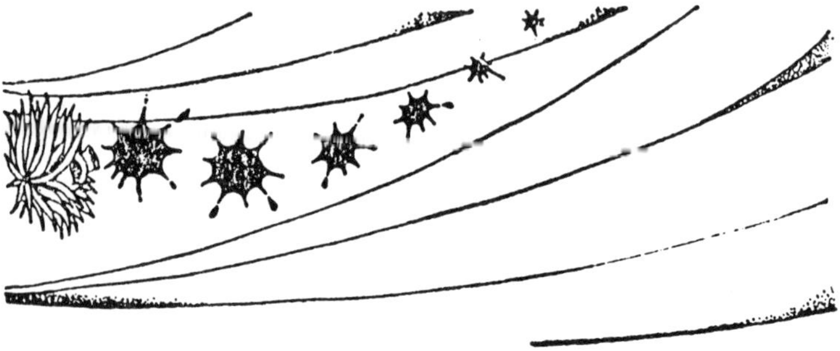

全的去，可以去到很遠的地方。』各位！當你們握著方向盤時，一定不要忘了這句話。」

「可是隊長，爲什麼我兒子一直很謹慎地開車，最後卻死於車禍呢？」

隊長很鎭定地說：

「哦！這種情形必需適用於外國，因爲這是外國的諺語嘛！」

沒有競爭的世界

有一個人在叫：

「我們的爸爸，不是進步的教育者。他們應該努力消除我們社會的弊病，一個教育者不應該只是爲了培養一個優等生，就把我們這個社會的其他人犧牲掉。」

另外一個人說：

「對！競爭，只是給那些有權有勢者機會而已。我們應該生存在一個沒有競爭的世界中，然後，大家都是優等生，大家依照自己的個性活下去！」

有一個很有權威的人說話了：

「現實，是必需靠兩個人去突破難關的。大家都是優等生，這簡直是謬論。唯有一個人勝利，其他者都犧牲才行。」

「你覺得自己贏了嗎？只要自己成功，別人怎樣都無所謂，是嗎？你太自私了。」

「你才是傻瓜。你們根本是在作夢，你們這羣傻瓜，我不跟你們說了！」

「喂！等一下，我們還沒說完呀！」

在黑暗的房間裡，其他人還在議論紛紛；他們都沒有眼睛、也沒有鼻子、也沒有嘴巴，他們只是活著而已。

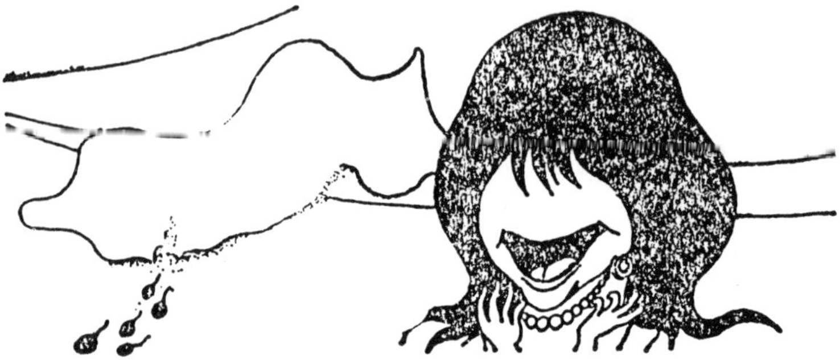

他們持續地議論著，突然房間的角落，熱水如海水般地流出，把他們全燙死了。

在病房

病人：「醫生，眞的很抱歉。我接受這麼久的治療，已經花了我不少錢了，今後可不可以讓我用貸款或分期付款？」

醫生：「你有投保人壽保險嗎？」

病人：「……有的！」

醫生：「那好！你可以不用擔心了！」

在求職考場

人事課長：「你覺得你的個性適合進入本公司嗎？」

求職者：「是的。」

人事課長：「你能否說出你是哪一點適合呢？」
求職者：「我不管遇到多麼激烈的競爭，也不會輸給對手。因爲，我有很強的意志力及執行力。」
人事課長：「哦！原來如此。但是，每個求職者幾乎都跟你說的一樣。」
求職者：「如果你覺得我是在騙你的話，你可以到接待室去看看其他等待面試的人。我已經在他們的茶裡下了毒。」

在速食店

女A：「我老公很會賭博。」
女B：「我先生也是吔！」
女A：「他第一次買賽馬劵就贏了，而且是用一千元贏到三十萬元。」

女Ｂ：「我老公更厲害。他才繳了一次人壽保險，就馬上拿回了三千萬元。」

在手術室

患者：「醫生！第一次動手術時，自己有沒有很害怕呀？」

醫生：「嗯……啊……」

患者：「你忘了嗎？」

醫生：「沒有，今天是第一次！」

在婦產科

孕婦Ａ：「聽說剛出生的嬰兒，會對著媽媽笑！」

孕婦Ｂ：「眞的嗎？怎麼會呢？」

孕婦Ａ：「因爲寶寶學媽媽笑呀！」

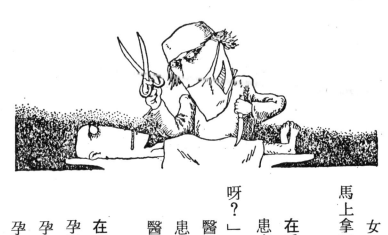

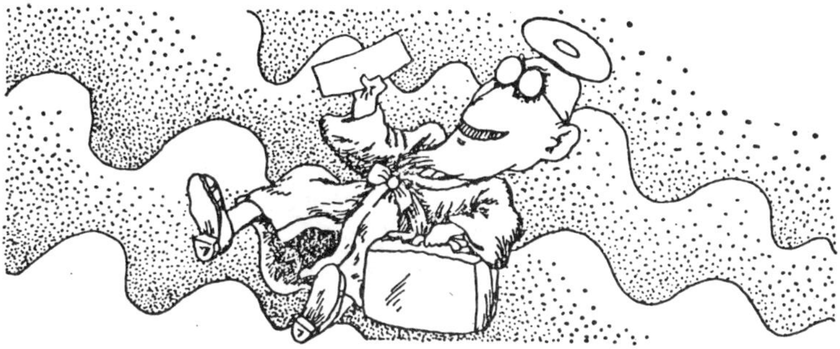

孕婦B：「嗯？」

孕婦A：「因爲媽媽放屁，所以……」

在旅行社

職員：「若持用我們公司的特約旅行支票，到哪裏只要簽名就可以了。這樣，你就可以拿到當地的錢，非常的方便。」

老人：「眞的嗎？那眞是太方便了。那我趕快改寫遺書，把全部的遺產都放進那裏吧！」

在監獄

犯人：「太過分了！我的刑期已經超過了，卻讓我多服了十天役。」

典獄長：「很抱歉，因爲文件不全，所以……」

犯人：「這不是道歉就可以的呀！」

典獄長：「所以，我要跟你做一個約定嘛！下次，如果你再進來的話，會讓你少坐十天牢的。」

在研究室

科學家：「這種環境污染如果再持續下去的話，十年後的人口會減少百分之十。」

記者：「哦！那二十年後，會怎麼樣呢？」

科學家：「二十年後，會減少百分之三十。二十五年後，每兩個人就會有一個人死亡。」

記者：「哇哇太可怕了！那三十年後，人不就全死光了嗎？」

科學家：「不，那時候不會這樣！」

記者：「哦！是不是那時候已發明出什麼特效藥。」

科學家：「不，大家都死掉的話，就會換另外一個新的名詞出來了。」

在醫院走廊

病人家屬：「醫生，手術的結果如何呢？」
醫生：「結束了！」
病人家屬：「啊！已經沒事了嗎？」
醫生：「不，病人已經死了。」

黑色的海

危險的長泳

當你一個人在夜晚的時候來到海邊，海很暗，天空有一層厚重的雲層。遠處人家的燈火把海照得一片通明。

海水因爲白天的炙熱未散，所以相當地暖和。你一個人在無人的深夜跳入海中開始向遠處游去。

大概游了一百多公尺左右，你的周圍是一片黑暗。——突然在這個時候，有一隻怪物出現了——你自己想像著這些事情，一定會發覺竟不知不覺地在苦笑。

大概不可能會不害怕吧！可是，因爲你的游泳技術很好，所以可以在海上逍遙地浮上一、二小時，也沒有問題。你自從來到海邊之後，今晚是第三個晚上。白天因爲游了很多次，所以對這裡非常熟悉，於是你一點兒也不會害怕。

你周圍一點聲音也沒有。海水相當穩定，一點波浪也沒有。你的手拍著海浪，周圍只有你在玩浪的聲音。你有時休息一下，玩味一下完全沒有聲音的神秘世界。

這時你看看對岸，那裡有許多燈亮著；你看著那些燈光，確定自己到底游了多遠。

游了四、五十分鐘左右，你覺得有一點疲倦了；是該游回去的時候了。

把頭伸出水面、找尋燈光的時候，你換了一口氣。

「咦？怎麼沒有燈光？」

天空也是一片黑暗。

周圍一片黑暗，村子的燈光也好像消失了一般。

「難道是停電了嗎？」

這時，你根本搞不清楚哪一邊是海、哪一邊是岸。啊！你竟迷失了方向。此時你忽然感覺水變得好冷。一股恐懼之感向你襲來。

你浮游著，開始觀察四周，可是卻找不到一點燈光。你心中浮起了一股不祥的預兆。

「如果一整個晚上都停電的話，怎麼辦？」

現在離天亮還有四、五個小時。

你凝視了周圍二、三十分鐘左右，最後你終於決定朝一個方向游去，因爲你總感覺那個方向就是岸邊了。可是，你明明知道這是沒有事實根據的。

大概游了一百多公尺左右，你停止了游動，只是在尋找光源。可是，周圍還是一片漆黑，你又迷失方向了。你再度停下來尋找方向，重複著這些動作，你覺得愈來愈疲倦了。

「如果，是正朝更遠的地方游去的話……」

覺悟到死的時候……

你單獨一個人出來晚泳。結果你迷失在海上了。你覺得手脚愈來愈重，可是卻一直沒有看到岸邊。你只有聽到水聲而已——沒錯，這是太平洋慣有的音色沒錯。天空一片黑暗、海上一片黑暗，你覺得自己愈來愈沒有力氣了。

你在想：

「這樣一直游著，怎麼還沒有到岸……我果然弄錯了方向嗎？」

從剛剛一直在想這個問題，忽然覺得死亡的現實感非常強烈。如果眞是朝反方向游，那現在不是離岸邊愈來愈遠了嗎？即使電又來了，卻也一樣無法看到岸邊的燈光，不是嗎？這次，大概是無法回去了。

那時，你忽然瞥見一絲燈光。所以，你把脖子抬得很高，朝那個方向望去，結果眞的是有一盞小小的燈光。可是，那燈光卻是那麼的微弱，感覺好像在很遙遠的地方。

「果然，還是弄錯了方向，而且愈游愈遠。」

你已經沒有什麼力氣了，可是仍很想朝那個燈光游去，然而你並沒有那樣的體力去游了，你漸漸地在往下沈。

「你已經快要死了……」

你的臉只剩下一點點留在水面上，你喝到了鹹鹹的海水，咳了幾聲，這時更覺得疲憊了。而手脚的肌肉覺得愈來愈緊繃，全身好像鉛一樣的重。好像要被海水吸走一般。事實上，你已經沒有力氣了，現在已沈入海水中約

四、五公分。

這時，你的拇指感覺到有一種東西。

「是沙！是沙！」

你的身體再度沈落了一些，你想確定看看這個意外的觸感。這次，你的脚完全感覺到有沙的感覺。

數分鐘後，被海浪冲上岸的你，躺在沙灘上看著黑色的海與天空。

你的背後，仍是一片黑暗。

海上有一個小小的光，那大概是漁船的光。你輕輕地說：

「我看到那光了！」

這時你背後忽然一片通明，停電結束了。波浪映著黃色的燈光。大概是深夜的廣播，你聽到有音樂自遠處傳來，同時還有火車在跑的聲音。

海風飄來了一股清香的味道。你的肩開始上下地振動，深深地吸了一口氣，覺得好舒服。

復活

向過去道別

「怎麼了？妳後悔了嗎？」

不管苑菁如何想讓自己開朗起來，可是她只要想起前幾天的恐怖行爲，便覺得很沮喪。她爲了要隱藏起這種感覺，就故意大聲說：

「沒有！」

然後，她故意裝出一副笑臉，挨近他。他強而有力的手臂放在她的小肩膀上，然後抱住了她。在那一瞬間，苑菁覺得自己很幸福。可是，這種幸福感消失之後，恐怖與痛苦的感覺就更加深了。

那個孩子用白痴特有的笑容，喝下了已經下毒的牛奶。

不久，他就死了。然後，把他裝在一個箱子裡，裡面還放入一個護身符，最後整個封死了。在運往河的途中，母親一直望著天上的月亮。

她並不是嫌他是一個私生子。只是，他生下來就是一個白痴，但養育他不僅要花很多的心力，而且以後也不可能有任何的回報。因此，苑菁每次在午夜醒來，一想到自己的未來，她就覺得害怕。

那時，她認識了一個年輕人。不，其實他年齡也不小了。只是苑菁覺得他相當的不錯，人品更是沒話說。同時，人的感情更是與日俱增。

可是，不管他們之間怎麼地親密，她也不敢把私生子的事向他坦誠，何況兩人即將論及婚嫁。所以，苑菁決定和自己的過去道別。第二天，她搬到了一間新的公寓，同時自己也搖身一變，成了一個單身的美女。

殘酷的報應

他抱住了她：

「沒關係吧！今晚，我想來妳這裡住一夜，我有些話想告訴妳……。」

苑菁靠近了他，表示答應的意思。今晚將是個溫暖的夜，而他的氣息又是那麼的溫暖。

一看到他的家時，苑菁的確震撼了一下。在這樣的房子裡做一個普通的家庭主婦，一直是苑菁的夢想。

夢太早實現，的確會令人難以招架；可是，另一方面也許是爲自己必須付出的代價而覺得恐懼。

「這是第一次嗎？妳不要太擔心。……」

打開音響的開關，悠美的音樂響起了，桌上有香醇的咖啡。他對她說：

「苑菁，我不是一個很完美的人，可是我會儘量努力去做的。這麼說我知道很奇怪，可是我希望這一輩子都能夠和妳生活在一起……」

「…………」

苑菁默默地看著他的臉，然後把眼睛閉上了。空氣中，流露出祥和的氣氛。接下來，就是恐怖的瞬間了。

他接著又說：

「不，也許順序錯了也說不定。我想我們還是應該把過去的事情說清楚，然後再談結婚才是。」

他把糖放入咖啡裡面，好像在想什麼似的，深深地攪動著咖啡，然後突然開口說：

「我有一個小孩。」

他向裡面喊了一聲，然後抱了個小孩出現了。

「可是，他的頭腦有點兒怪怪的。」

她看到那個孩子嘴角流著口水在笑，而她的心也一直在往下沈。

恐怖幽默名著

菜色很多的餐館

來狩獵的二個男子，因爲迷了路，再加上肚子餓了，所以當他們一看到「西洋料理店　山猫軒」這家店時，他們立刻進去了。進去後，他們看到上面寫著：「本店菜色相當多」。他們想，在這樣的深山裡面還有這樣的店，一定是一家不錯的餐館。

再往裡走進去，他們看到菜單上有「梳髮」、「拿出鞋子的泥巴」、「放下槍與子彈」、「金屬類的東西全不可以」等。兩個人再往裡走，又繼續看到「在手及臉上塗上牛奶」、「加醋」、「撒鹽巴」等，原來這家的所謂料理就是他們自己。

「夢十夜」的第三夜

夢中我抱著自己的小孩，這有點不可思議，可是他閉著眼睛、說話的樣子，簡直就像一個大人。他說話的樣子，有點嚇人，所以他覺得自己的小孩怎麼會變得這麼可怕。所以，決定把小孩丟在森林中。可以，他卻說：

「往森林的方向去吧！不要客氣喲！」

「不能把父母當傻瓜。」

我爲了想早點到達那個森林，所以，加快了脚步。於是，小孩在我背後開口說了：

「剛好是這樣的夜晚！」

「什麼？」

「咦？你應該知道的，不是嗎？」

被他這麼一說，我也感覺到是這樣的一個雨夜。可是，我還是不懂。後來，跑出一個小和尚說：

「這裡啦！就是這裡，這棵杉樹的地方！」

「嗯！對了！」

我自己這麼回答著。

「大概是一八九〇年。離今天大約是一百年前，你把我殺死了。」

一聽到他這麼說，他也漸漸想起來一百年前，像今天這樣的夜晚，他的確是殺死了一個人。他一這麼想，背上的孩子竟變得像石地藏般的沈重。

陰謀

被拉出去庭院的犯人大叫說：

「你們要是敢砍我的頭的話，魔鬼一定會出來的。」

於是主子說：

「如果魔鬼眞的會出來，那你現在就證明給我看。一旦你的頭落地，你就去咬住院子的石頭看看。」

犯人用野獸般的聲音嘶叫：

「好！我就咬給你看。」

他的頭果眞被砍下來了，而掉在地上的頭果眞緊緊地咬住院子的石頭。

自此以後，家裡果然眞的出現了幽靈。家臣想要供奉死者，所以對主子提出了請求。可是，主子若無其事地說：

「沒有什麼好害怕的。也許他眞的化成了鬼魂也說不定；可是，最後那手棋我還是走對了。他只想到要咬住石頭而已，在那一瞬間，他根本忘了其他的仇恨。」

主子的話，果然沒錯。

狐憑

有一個謠傳，說未開發部落的青年加克被狐狸纏住了。從加克看到在戰爭中死去的弟弟開始，這些謠傳就傳佈開來了。

經過四、五天後，加克說的不只是一些謠傳而已，他還說了他弟弟在戰爭中的事。

從這個時候開始，加克就好像體內潛入了什麼靈魂似地，開始述說各種故事。

村裡的人剛開始聽加克說的時候，幾乎把自己的食物分給好像有在工作、又好像沒在工作的加克。

可是經過了一個冬天，加克好像什麼也說不出來了。

於是，村裡的人決定殺死加克。那些曾經聽過加克說故事的人們把加克吃了，最後並把剩餘的骨頭丟在湖面上。

可是，誰也不知道，以前有一個詩人也是這麼被吃掉的。

寶石

佃農藍特先生，非常愛他的太太。可是，有兩件事他一直很在意。

一個是她很喜歡戲劇，另一個是她很喜歡收集一些仿製的寶石。戲劇方面，她都是和她的同好一起去欣賞；寶石方面，他則是愛莫能助。藍特說：

「寶石不是我們這種人家買得起的，況且妳不用靠寶石來裝飾就很美了。」

雖然藍特對他妻子這麼忠告，可是他的妻子還是說：

「沒辦法，我就是喜歡收集寶石嘛！」

有一個冬天，他的妻子得了肺炎，一個禮拜之後就死了。自從妻子去世之後，藍特一直沈浸在悲哀之中。後來，由於藍特沒有錢生活，所以他就把妻子的仿造寶石拿去賣。

可是，寶石商人開出了與眞寶石一樣的價錢。藍特又拿出了其他的寶石讓那個人鑑定，沒想到那些寶石竟都是眞的。

好色

時間是日本平安時代。平中一直沒有喜歡的女人。

可是，平中自從喜歡上一個侍女之後就變了。這個侍女並不喜歡平中，使得平中的自尊心大大地受損。

他寫情書給她，只要她寫上「看過了」並還給他，他就十分滿意了。

他真的很喜歡那個侍女，可是那個侍女偏偏不喜歡他，而要平中把她忘了更是難上加難。

她的樣子、她的味道、她的聲音……。平中想到了也許把她醜化，他就能忘了她。於是，他偷窺了她使用的便器。

可是，怎知她已在便器上放了芳香劑，這下平中更加痴迷了。

誤解

這是一個下著雨的鄉村小鎮。有一對母女在談關於今晚的客人的事。她們兩個人打算把這個男子殺了，然後拿著他的錢逃到南方去。

可是，這個男子其實是二十年前離開這個家的兒子，同時也是這個女孩唯一的哥哥。他因爲想念親人，所以從南方回來了。

兒子連一點通知也沒有，就回來了。經過了二十年的歲月，做母親的也忘了自已還有這個兒子。那時，她們以爲他只是個過路的客人。

然後，她們就在那天晚上把他殺了。

不久，他母親看了他的證件才知道他是她的兒子。於是，她自殺了。那之後只剩下那個女孩及她兒子的老婆。在憎恨之中，她們兩人在互相訴說著這個世界的不合情理。

紅色死面具

在某國裡，流行著一種恐怖的疾病叫做紅死病。這種病就是患者臉上會有紅色斑點的一種相當可怕的傳染病。

有一個公爵爲了避免紅死病，他找了很多人到他家，他們把門深鎖，完全與外界隔絕。府邸內則有食物與很多的娛樂，在裡面相當地安全。

有一天晚上，這個邸內舉行了一個盛大的化粧舞會。

時鐘敲了十二下的時候，在那麼多人裡面，有一個不知名的人混了進來。

那個男子穿了一件沾滿血的衣服，臉上則戴了一個被紅死病傳染過的面具。

公爵認出了那個面具，於是他吩咐：

「那是什麼！把面具拿下來。」

可是，那個人根本沒有意思要把面具摘下來，反而更向公爵靠近。

憤怒的公爵拿起短劍往那個人身上刺，可是倒下的卻是公爵自己。於是，大家把那個男子捉住，想要摘下他的面具，可是根本沒有什麼面具。

沒多久，屋裡的一個人倒下了，其他的人也都跟著倒下了。最後，終於房間的人都倒下了……。

恐怖幽默論

●——恥笑黑暗的現象

所謂的恐怖幽默這個名詞，並不眞是那麼新的字眼。

比方說，在一部電視劇裡，其中有一句對白是這樣的：

子：「媽！糟了！爸爸上吊了。」

母：「沒關係，他只是在盪鞦韆。」

一聽到這句話，有的人會以爲這是恐怖幽默。

其實，那件事本身並沒有錯。

所謂的恐怖幽默，本來就是人在嘲諷這些黑暗的現象。

就現實的觀點值看，應該沒有母親會說那樣的話。所以說，輕度的恐怖幽默也經常被使用在我們的日常會話中。

「去撞豆腐死吧！」

像這句話，就是已經沿用了許久的一個恐怖幽默例子。此外，像學生、上班族經常會說：

「好久不見！你死到哪裏去了呢？」

像這種打招呼的話，也是恐怖幽默的一個例子。

了解這種心理之後，即使在會話中使用一些恐怖幽默字句，大家也都不會在意的。其實，恐怖幽默有時可以增進彼此間的感覺，而且也表示你們的交情不錯，所以你才敢用這些恐怖幽默的字眼。

我們在電視節目中所看到的恐怖幽默，常常說者與聽者之間彼此都有良好的默契，所以可以進行良好的溝通，即使說出了「死」這樣的字眼，大家也只是把它當做玩笑話來看。

●——苦笑的心理

從定義上來看恐怖幽默，它並不眞是那麼單純的清涼劑，也包含披露一些事實的內容。

所謂恐怖幽默還可分爲兩派，一派是穩健派、一派是過激派，像目前一些流行語就是屬於穩健派的。

有一個充滿苦澀的恐怖幽默，經常浮現在我的腦海。它就是美國的一則笑話——

「紐約的公共廁所有人在牆壁上寫，請不要將糞便用水沖走，黑人們肚子餓的話，可以……」

看到這則「笑話」，我們實在是笑不出來。

如果，美國的黑人看到這些字還笑得出來的話，那就是自嘲的、悲傷的笑。如果，美國的白人看到這些字還笑得出來的話，那就是一種殘酷的笑。如果，白人對黑人的歧視是這麼嚴重的話，那麼應該是苦笑才是。

身爲東方人的我們，看到這樣的笑話也許並不會陌生。在以上這些說明之後，你再仔細地想想看，就可以了解笑話中的「苦笑」到底是怎麼一回事了。

這種「苦笑」，其實才是幽默的本質。一聽到笑，我們一定會立刻想到「愉快的事物」，其實並不盡然。

對眼前的現象，有時常會讓你笑不出來，而且你也無法笑得那麼自然。有一個很有名的精神分析家佛洛伊德說：

「在星期一的早上，被帶到絞首台上的一個犯人說：『這星期的兆頭眞好。』這就是幽默。」

其實，犯人的命運已經決定了，幾分鐘後他就要受刑了，他卻仍能說出這樣的話。

如果，犯人看到了這些刑具，也許會恐懼得發瘋。可是，當自己站在一個第三者的立場時，痛苦就不會那麼深了——於是犯人就選擇了這條路。

他說出那句話也許不具任何意義，可是犯人自己卻超越了現實，不想被醜陋的現實征服。

佛洛伊德的這段說明，可以讓我們站在不同的立場想想所謂的「恐怖幽默」。

其實，我們的周圍一直存在著殘酷與醜惡的現實，而我們又不可能完全地將它消滅。可是，人類又往往致力於要把這些醜惡的現實消滅掉，於是只有走上失敗一途。

在另一方面，雖然我們無法戰勝這些醜惡，可是如果我們把這些現實的醜陋加以玩笑化的話，多少可以讓我們的心理平衡一些。

雖然，我們還是沒有戰勝，可是這樣至少可以讓我們的痛苦減輕些，同時又不會傷了我們的自尊心。

這並不是善惡的問題，而是在人的腦中，有一種本能會自動用一種方法來減輕痛苦及維持自尊心，而最適當的方式就是笑。

從這個意思來看的話，恐怖幽默一開始就放棄了人的努力，而用笑的方式來化解，實在是具有反道德的濃厚色彩。

●——現代人的抵抗

在現代，即使是一個很樂觀的人，也無法不去關心這個世界的醜惡。在原子彈落下的那一刻，也許地球會整個毀滅、大自然會完全被破壞。這時，連神也無法相信人的善意與理性了。

仔細一想，我們大家也許就是站在刑場上的犯人。當我們感覺到醜惡的現實時，我們只能對這些無奈的事苦笑，這就是恐怖幽默。不管如何殘酷的情節，當你坐在觀衆席上看的時候，你還是可以笑著看下去。人就是藉著笑（只是短短的一瞬間），來將自己轉換到觀衆席上。

加入一些輕鬆的惡作劇——這是屬於穩健派的恐怖幽默。可是，即使是這種穩健派的幽默，關於其心理背景，也只是述說一些美好的事物，而把現代人的種種縮影在裡面。

恐怖幽默的流行是一種必然的趨勢，可是在笑的同時，我們更應該深思它背後的意義。

導引養生功

1 疏筋壯骨功+VCD

定價350元

2 導引保健功+VCD
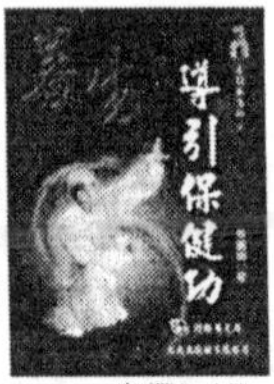
定價350元

3 頤身九段錦+VCD

定價350元

4 九九還童功+VCD

定價350元

5 舒心平血功+VCD

定價[illegible]元

6 益氣養肺功+VCD

定價350元

7 養生太極扇+VCD

定價250元

8 養生太極棒+VCD

定價350元

9 導引養生形體詩韻+VCD

定價350元

10 四十九式經絡動功+VCD

定價[illegible]元

張廣德養生著作　每冊定價350元

全系列為彩色圖解附教學光碟

輕鬆學武術

1 二十四式太極拳+VCD

定價250元

2 四十二式太極拳+VCD

定價250元

3 八式十六式太極拳+VCD

定價250元

4 三十二式太極劍+VCD

定價250元

5 四十二式太極劍+VCD

定價[illegible]

6 二十八式木蘭拳+VCD

定價250元

7 三十八式木蘭扇+VCD

定價250元

8 四十八式木蘭劍+VCD

定價250元

彩色圖解太極武術

1 太極功夫扇

定價220元

2 武當太極劍

定價220元

3 楊式太極劍

定價220元

4 楊式太極刀

定價220元

5 二十四式太極拳+VCD

定價350元

6 三十二式太極劍+VCD

定價350元

7 四十二式太極劍+VCD

定價350元

8 四十二式太極拳+VCD

定價350元

9 楊式十六式太極拳 十八式太極劍

定價350元

10 楊氏二十八式太極拳+VCD

定價350元

11 楊式太極拳四十式+VCD

定價350元

12 陳式太極拳五十六式+VCD

定價350元

13 吳式太極拳五十六式+VCD

定價350元

14 精簡陳式太極拳八式十六式

定價220元

15 精簡吳式太極拳三十六式 拳架・推手

定價220元

16 夕陽美功夫扇

定價220元

17 綜合四十八式太極拳+VCD

定價350元

18 三十二式太極拳 四段

定價220元

19 楊式三十七式太極拳+VCD

定價350元

20 楊氏五十一式太極劍+VCD

定價350元

21 嫡傳楊家太極拳精練二十八式

定價220元

22 嫡傳楊家太極劍五十一式

定價220元

23 嫡傳楊家太極刀十三式

定價220元

國家圖書館出版品預行編目資料

恐怖幽默／幽默選集編輯組 編著
—2版—臺北市，大展，2009【民98・9】
面；21公分—（休閒娛樂；55）
ISBN 978-957-468-705-3（平裝）

856.8　　98012046

恐怖幽默

ISBN 978-957-468-705-3

編著者／幽默選集編輯組
發行人／蔡　森　明
出版者／大展出版社有限公司
社　址／台北市北投區（石牌）致遠一路2段12巷1號
電　話／(02) 28236031・28236033・28233123
傳　真／(02) 28272069
郵政劃撥／01669551
網　址／www.dah-jaan.com.tw
E-mail／service@dah-jaan.com.tw
登記證／局版臺業字第2171號
承印者／國順文具印刷行
裝　訂／建鑫裝訂有限公司
排版者／千兵企業有限公司
初版1刷／1991年（民80年）1月
2版1刷／2009年（民98年）9月
定　價／200元

大展好書　好書大展
品嘗好書　冠群可期

大展好書　好書大展
品嘗好書　冠群可期